動機

橫山秀夫
經典短篇集

橫山秀夫——著
葉廷昭——譯

目次

動機

1

上午十點過後，凝滯的空氣開始流動。

坐擁海岸景緻的縣立醫院大廳，沒有歲末的忙亂喧囂，看不到排隊領藥的病患，也看不到探病的家屬或忙碌奔走的護理師。每次來都是如此。這家安裝鐵窗的醫院，內部有種不同於外界的氣息和時光。

——這是今年最後一次了。

貝瀨正幸在探病申請書寫下日期，一顆心也沒閒著。他在J縣警本部的警務課擔任企畫調查官，官拜警視，年紀四十四歲。明年春天要推動行政制度改革，因此很多工作必須在年底前處理妥當。

貝瀨走過大廳，聽著自己的腳步聲在廳廊迴盪。他走上樓梯，前往隔離區的辦事櫃檯遞交申請書。健壯的年輕護理師打開門鎖，推開鐵製的閘門。貝瀨在走廊行進，心中只想著專注前行。牆邊站著一個病人，走沒幾步又遇到一個病人，腳邊也有兩個。每個人都是表情呆滯、眼神渙散，有的愣在原地，有的縮著身子蹲踞在地上。

父親在娛樂室，無精打采地盤坐在牆壁前，布滿眼眵的昏暗瞳仁呆望著地板的一隅。這些跡象顯示藥物發揮了作用，逐年增加的藥量，慢慢剝奪了父親的言語、表情，乃至習慣。一個月沒見的瘦小背影，看上去就像即將瓦解的土塊，或許是毛衣褪色的關係吧。

貝瀨差點克制不住自己的情緒。

「老爸，我來了。」

他隨口打了聲招呼，坐到父親的身旁。拿出一袋糕餅，打開包裝，遞到面無表情的父親面前：

「你喜歡這個吧？」

「……」

「你有好好吃飯嗎？」

「……」

貝瀨輕嘆一口氣，他已經好幾年沒聽過父親的聲音了。

大家都說父親是外勤員警的楷模。在戰後的動亂期，父親本來只是警署負責打雜的小職員，由於做事態度嚴謹，而被提拔爲巡查。四十年的警察生涯，大部分時間都奉獻給派出所勤務。工作勤勉，爲人剛毅木訥，待人也正直懇切，走到哪都深受居民愛戴。無奈退休後，妻子撒手人寰，失去了結髮的陪伴，心靈也崩潰了。

貝瀨看著父親蒼老的側臉。

——老爸他，根本是以身殉職。

其實在母親去世前，父親老早就有發病的徵兆了。退休的年歲將近，父親變得越來越沉默寡言，很多時候一整天都悶悶不樂。對父親來說，警察不只是一份工作，更是他生存的意義。但身上的制服總有一天要脫下，沒有不結束的警察生涯，或許，父親害怕退休的腳步聲逼近吧？

「哎呀。」

開朗的聲音劃破了沉悶的氣息，一位年紀尚輕的女護理師，低頭俯視貝瀨。

「您好，敝姓貝瀨，家父承蒙您照顧了——」

「果然是貝瀨先生的兒子！你們長得很像呢。」

貝瀨看著護理師的名牌，她的名字叫「八木茜」。就是這位小姐寫信給貝瀨，主動告知父親改由她來照顧。那封信寫得很可愛，她本可直接叫貝瀨多來探病，但她幾次用婉轉的說詞，請貝瀨盡量抽空前來，大概是怕自己太雞婆吧。

「既然來了就多待一會吧！」

八木茜似乎很高興貝瀨前來探病。她屈膝蹲下，牽起父親毫無生機的蒼白手掌，輕輕晃了幾下：

「太好了呢，令郎來看您囉。」

「呀。」父親發出了一點聲音，貝瀨驚訝地觀察父親的表情。

「我就知道，您也很高興對吧。」

——老爸他很高興？

貝瀨對茜的說法存疑，父親的表情根本沒有變化，至少在他看起來是那樣。

——他眞的很高興嗎？

「護理師——」

貝瀨正要開口，外套的暗袋傳來震動。

——媽的，到哪都躲不掉。

貝瀨拿出行動電話，茜的臉上再無笑容，他只好背對著講電話。

「抱歉，打擾您休息了。」

耳邊傳來冷硬的聲音，對方是本部警務課的井岡組長，也是貝瀨的直屬部下。

「這邊出了一點問題……課長要您立刻過來一趟……」

「出什麼事了？」

「這……」

井岡欲言又止：

「可能要勞煩您用有線電話聯絡。」

意思是，接下來要談的內容不能被外人聽到——

貝瀨有種不好的預感。茜一看到他站起來，眼淚幾乎要流下來了。

「我很快回來。」

貝瀨對父親說完這句話，快步走出娛樂室。他不好意思去護理站借電話，所以走回原路請護理師開門，再到普通院區的一樓打公共電話。

貝瀨直接撥打警務課長的內線號碼，小菅課長馬上接起了電話。

「我是貝瀨，請問您找我有什麼事？」

小菅隔了一會才回應，或許是在看身旁有沒有其他人吧。

「警察手冊被偷了。」

「蛤？」

「數量多達三十本，統一保管在U署的三十本警察手冊，都被偷了。」

貝瀨一時忘了呼吸。

現在本部正在召開部長會議，幹部必須盡快趕到會議室。小菅迅速交代完以後，直接掛斷電話。不，他在掛斷電話前，冷冷地撂下一句：

「你的提案適得其反了吧。」

貝瀨愣在原地無法動彈。

——統一保管的警察手冊被偷了……

這是要防止警察手冊遺失所推行的新制度，警察有義務隨身攜帶警察手冊，沒執勤也一樣要帶在身上。後來規定更改，非值勤時間由各單位長官統一管理部屬的警察手冊。換句話說，警察下班不得帶走警察手冊，回家前要將手冊繳回所屬單位保管。

這是貝瀨提出的改革方案。

上個月終於壓下刑事部的反對聲浪，開始在本部的管理部門和轄區的三個警署，嘗試推行新制度。照理說，新制度本該徹底杜絕手冊遺失的問題，不料——

杜絕手冊遺失的新方案，反而招致了前所未有的失竊慘況。

「你的提案適得其反了吧。」

小菅剛才那句話，說中了貝瀨的痛處，想必現在縣警本部也充斥同樣的論調吧。

貝瀨走向玄關，步伐逐漸加快，太陽穴一帶痛得厲害。

茜站在樓梯間，雙手抱著一大疊床單，下巴幾乎陷進床單裡面。她很不諒解地望著貝瀨離去的身影。

——我改天再來。

貝瀨也沒有心力思考更好的說法。離開玄關，強風自灰濛濛的海上吹來，他任由強風打在臉上，心中只想著要走哪條路回去比較快。

2

海岸線的交通很順暢，但通往市內的國道嚴重回堵。貝瀨走其他路線趕回去，仍然花了一個多小時才抵達行政區劃中的縣警本部。時近中午，電梯旁貼著一張標語「上下兩層樓請走樓梯」，本來這是呼籲節能的文宣，曾幾何時卻變成鼓勵職員多運動的口號。貝瀨和肥胖無緣，無奈電梯一直在七、八樓移動，他只好照著標語乖乖爬樓梯。

貝瀨先到三樓警務課，調整好呼吸才開門進去。所有職員轉過頭來盯著他，但大部分人立刻轉移視線，或者直接低下頭，就連他的直屬部下井岡也一樣。井岡組長遞上兩張事件概要，同時小聲請貝瀨前往會議室，說完就腳底抹油回到座位上，埋首在成堆的文件中。就不知他是顧慮到貝瀨的心情，還是要畫清界線。不對，雙方的立場根本不一樣。貝瀨是統一保管方案的提案人，井岡則是乖乖聽令製作文件罷了，他們面對這件事的心態本就有落差。

貝瀨離開警務課。

會議室在八樓，電梯正巧來到三樓，但貝瀨寧可爬樓梯上去。現在所有高層都聚集在會議室裡，他可不想在毫無準備的情況下進去。得先掌握事件概要，分析問題所在，擬定善後策略。貝瀨需要時間思考這些事情，他抓著樓梯的扶手前行，眼睛和大腦拚命吸收文件上的字句。

「發生場所・U署一樓」

U署是採用各樓層集中管理的方法。一樓是警務課和交通課，那兩個單位的警察手冊都被偷了。

「事件概要」

昨天下午五點過後，一樓的保管負責人開始回收警察手冊。警務課職員和交通課職員的三十本手冊，全都放入保管庫上鎖封存。警署進入輪班値勤時段，期間並無可疑情事。今天早上七點四十五分，保管負責人出勤，打開保管庫發現所有手冊不翼而飛。

——這怎麼可能？

貝瀨暗自咒罵，他以爲在看中小企業遭小偷的新聞報導。警察手冊竟然這麼容易失竊，太荒唐了，這眞的是警署內發生的事嗎？

他翻到事件概要的第二頁。

「刑事部暨警備部開始暗中調查竊案」

調查在保密的情況下進行，但已經有大動作調查了。

「三名監察官進入U署，在五樓道場偵訊內部相關人士」

想當然，監察官一定有想到自家人犯案的可能。

大量的警察手冊失竊是不折不扣的事實，前所未有的醜聞將動搖組織根基。貝瀨等於是以戰犯的身分，踏上通往審判的階梯。

——到底是誰幹的？

疑問幾乎就要脫口而出。

頭痛的症狀惡化了，貝瀨忍著疼痛回想U署的內部結構。二樓是開放區域，進入玄關左手邊就是交通課，警務課的區域在更後面。交通課和警務課之間沒有門板或牆壁，可以自由來往。而保管庫就在警務課最裡面的牆邊。

——有可能是外部人士犯案嗎？

照常理思考是不太可能的，警署在下午五點十五分以後進入輪值時段，值班的員警都在交通課的區域待命。警署的出入口只有玄關和後門，從哪一邊進來都會被值班員警看到。況且最關鍵的保管庫鑰匙，按規定就掛在值班員警面前的牆上。這代表小偷得避開值班員警的耳目偷走鑰匙，再闖過員警待命的區域入侵警務課內部。不可能，任誰都辦不到。

——不對，先別急著下定論。

U署的值班員警共十三人，晚上十點過後，有將近一半的人馬會先行休息。倘若這個時間有人報案，警署內部自然疏於防範。按規定，值班負責人和接聽無線電的人不得離席，但也不是完全沒有例外。假如有一群人喝酒鬧事，外勤員警把鬧事的傢伙帶回來，值班員警也得去幫忙上銬。趁那段空檔行竊並非不可能……

要眞是外人幹的，會是誰呢？

貝瀨最先想到激進分子或邪教徒，瘋狂的警察愛好者也要留意。過去有人潛入派出所，就只爲了拿到警槍和警察手冊。非自願離職的警察也有嫌疑，尤其在U署待過的人很熟悉內部運作。不，能隨意進入警察署的人也得徹查。好比警界相關人士、報社記者、外賣人員、酒醉鬧事的慣犯……

貝瀨伸手按住眉心，可疑的人太多了，感覺每個人都有嫌疑。

走過六樓的樓梯間，貝瀨強迫自己轉換思維。

——爲何不考慮自家人犯案？

當然，從客觀條件來看這是可能的，U署的職員都有機會犯案。不，應該先懷疑值班員警才對，監察官也一定先從這部分下手。

貝瀨重看一次手上的文件。上面有十三名值班員警的姓名，值班負責人是刑事一課的竊盜犯罪組長，益川剛警部補。

——益川……

貝瀨記得那張粗曠的臉龐，只是沒什麼印象。沒記錯的話，那個人大貝瀨一屆，他們沒有交談過，貝瀨只聽說對方是個優秀的刑警。益川年輕時還是有名的柔道選手，大約在五年前，因爲審訊手法過於粗暴，差點被告上法院。

且不論益川的風評如何，現在得知値班負責人是刑事單位的人，貝瀨陷入了一種複雜的心境。半年前的騷動，不由自主地在腦海中回放。當初貝瀨提議集中管理警察手冊，引發刑事部強烈反彈。

「你把警察的精神象徵當成什麼了！」「你以爲警察是普通上班族喔！」「警察沒有下班這回事，我們每分每秒都是警察！」

貝瀨沒有妥協。不願意妥協的理由，他也說不上來。

警察不就是一份「職業」嗎？

是，警察和追求營利的民間企業，有本質上的差異。不過，大家都是勞動賺錢，憑著一份差事維持生計，所以警察也只是眾多職業之一罷了。爲什麼要否定這個事實，強迫每個警察把工作視爲「聖職」和「人生意義」呢？時代已經變了。把警察當成一份有成就感的職業，或是可以爲民服務的職業，並無不妥。但爲什麼不能有更多警察，用工作的心態做好自己的差事呢？

貝瀨堅守立場，這次說什麼都不肯退讓。他是基層員警的兒子，父親一向是他的驕傲，繼承父親的衣缽他也沒猶豫過。可是，父親發病以後，貝瀨看待自己所屬的組織，不再具有以往的熱忱。父親被警察一職所害，沒準他的提議是想要替父親出一口氣吧。

總之，提出統一保管方案本來只是要防範手冊遺失，但刑事部的反對聲浪，反而讓這件事在貝瀨心中有了另一層意義。不消說，貝瀨沒有告訴任何人，他跟刑事部周旋時，一概用防範手冊遺失當理由。他以半強迫的方式，推行新的保管制度，但——

如果刑事部不滿的程度，遠比貝瀨想像的還嚴重呢？保管庫的鑰匙就掛在值班負責人眼前，其他值班員警會離開崗位，負責人卻始終待在鑰匙前面。

益川剛是個怎樣的人呢？

貝瀨終於抵達八樓，來到緊閉的會議室門前。

他深吸一口氣，心中除了恐懼，還夾雜著即將面臨對決的激昂情緒。

3

從會議室往外看，有一整面水平線的遠景。各部長圍著圓桌就坐，面色凝重。席上有青山本部長，以及警務、刑事、生活安全、交通、警備單位的部長。各課課長級的人物，則在後方的座位上振筆疾書。

貝瀨立正站在牆邊，沒有位子坐。

他一進會議室，所有幹部冷冷看了他一眼，既沒有責罵也沒有冷嘲熱諷。這算是公開譴責的儀式，用意是確認本次事件的戰犯。確認完以後，就再也沒有人理會貝瀨了。

不，有一個人反應不同。貝瀨的上司鴨池警務部長故意發出啐聲，大概是要向本部長表示自己的清白，把統一保管的提案責任推給貝瀨。

小菅警務課長的臉紅通通的，想必是代替姍姍來遲的貝瀨，承擔說明的壓力吧。小菅警務課長也用眼神怨懟貝瀨帶來的麻煩。

鷹勾鼻冒汗的山之內刑事部長，低聲咒罵貝瀨愚蠢，簡短的譴責儀式就算結束了。判決已定，沒有驚心動魄的過程，但結果不容置喙。

貝瀨在牆邊罰站，看著會議繼續進行。搜查方針已經大致決定，眞正頭痛的是該如何應付媒體。

換言之，幹部們在煩惱這件事該不該召開記者會。

大部分人認爲記者會非開不可，畢竟三十本警察手冊失竊，情節重大本來就瞞不住。萬一隱瞞這件事，日後有人用警察手冊爲非作歹，那才是眞的萬劫不復。縱使後續沒有出任何亂子，一旦東窗事發，隱蔽的行徑肯定會被媒體抨擊，縣警必須承受各大報社和電視臺的急火攻勢。

問題是，警察手冊失竊的數量太大，在場幹部也不敢輕言公開。這是前所未有的醜聞，對縣警的威信打擊甚大。防範手冊失竊的新措施，竟然被人反將一軍，這點太致命了。每位幹部已經想到，各大報會用什麼樣的標題嘲笑縣警無能了。

在場的幹部都嘆了一口氣。

「拖到記者截稿前再發布如何？這樣報導不會寫得太大吧？」

「沒用啦，這件事太嚴重了。要這些小手段搞不好會刺激媒體，到時候你就會看到十天半月都在報導這件事。」

「這種時候就該低聲下氣。就說統一保管還在測試階段，未來會重新檢討。交代完再一鞠躬道歉了事吧。」

貝瀨有一種五臟六腑被人蠶食殆盡的感覺。

這件事會被寫成鉅細靡遺的報導，新聞臺也會播報，這對新制度的提案者來說，無異於死刑判決。坦白講，他在組織裡已經算半個死人了，這點應該無庸置疑。可是，無數百姓看到媒體報導後，將會恥笑統一保管何其荒謬。組織內部的人也樂於踐踏貝瀨的初衷，他得一肩扛下各種同情、憐憫、嘲笑、謾罵——

貝瀨在意的不光是自己的前途，憤怒和悔恨也在心中激盪。統一保管的新政策，就要被這種狗屁倒灶的事給毀了嗎？警察手冊所帶來的束縛，當過警察的人都很清楚。不管是跟朋友喝酒，還是帶家人出遊，他們會不時確認口袋裡的手冊還在不在。一旦弄丟警察手冊，履歷上會被記下一筆。只要當事人沒離開警界，這個負面評價一輩子都洗刷不掉。實際上，這對晉升考試的考評也有影響。

確實，統一保管的政策出了紕漏，表面上看似適得其反，但制度本身並不壞。這件事要是內部人士所為，根本防不勝防。內部人士有心行竊的話，從槍枝保管庫偷走槍械或彈藥也做得到。錯的不是制度，而是——

霎時，貝瀨想起了「益川」。

——怎能坐以待斃。

貝瀨一咬牙，鼓起勇氣舉手發言。

所有人訝異地望著他，當中還有幾道銳利的目光。

青山本部長伸長脖子問道：

「你怎樣？」

貝瀨清清喉嚨，嚥下口中乾硬的空氣，腦袋裡亂得一塌糊塗。自家人犯案、報復、阻止記者會、拿回警察手冊……各種思緒和心念在腦海中交錯。

「怎麼了？有意見就說啊。」

「是。」

貝瀨向前一步，大腦即席編造一套可信的說法：

「目前沒有撇除自家人犯案的可能，應該等內部調查結束，再來召開記者會。」

「爲什麼？」

「若眞是自家人所爲，那偷盜手冊的目的應該不是爲非作歹。假設目的是惡劣構陷或給人難堪，犯人或許會及早歸還警察手冊。」

本部長探出身子，詢問貝瀨的推論依據爲何：

「你說手冊會還回來？根據呢？」

「也就是說……」

貝瀨這才驚覺，自己做了一件非常要不得的事。這豈不是搬出一套荒誕的論述，讓自己的處境更加難堪而已嗎？恐懼感在心中渲染，卻擋不住他接下來要講的話：

「鬧出這麼大的騷動，犯人也算達成目的了吧。說不定犯人會心生怯意，主動歸還警察手冊。」

本部長抬起頭想了一下，其他幹部也若有所思。

唯獨山之內刑事部長反應不一樣：

「你說，這是惡劣構陷或給人難堪的行徑……？自家人爲何要做這種事？」

「這——」

現在不說也不行了。貝瀨心一橫，開口說道：

「可能是要讓組織陷入混亂的局面，或者陷害某個特定人物——」

「陷害誰你說啊！」

山之內當場發飆，他聽出貝瀨話中有話，故意引導在場人士想起刑事部和警務部之間的心結。

「誰陷害誰？有種說出來啊！」

貝瀨保持沉默。

他不是害怕山之內發飆，原本這套說法還只是他的妄想，但山之內過於敏感的反應，讓妄想多了那麼一點可信度。這件案子可能和刑事部的人脫不了關係，山之內沒準也有同樣的疑慮。

警務部和刑事部之間隱而未發的心結，也不是只有統一保管這一樁，去年春天的人事異動也是如此。本部搜查一課課長是山之內的心腹大將，上一任的警務部長卻將其調爲沒有實權的交通部參事官。當時搜查一課課長身體欠安，經常請假休養，所以表面上這道人事異動命令，是要讓那位課長休養生息。不過，高考組的警務部長實則別有居心。套句他的說法，當他得知自己要被調回警察廳以後，就決定留下一份大禮，挫一挫刑事部的銳氣。

J縣警一直以來是刑事部較爲強勢，如今身居要職的搜查一課課長被拔官，想必有不少搜查單位的員警飽嚐屈辱與憤怒。

刑事部本來就對警務部有所怨懟，這次對統一保管政策的不滿，則成了本次竊盜事件的導火線。這個推論說得通，往更深一層想，要毀掉統一保管的新制度，沒有比竊盜事件更合適的手段了。案子剛好發生在試行階段也令人在意，這是毀掉新制度最好的時機。如果J縣警內部眞有一股反動勢力，那該如何是好？

不對，這不見得是一股勢力，也有可能是個人所爲。組織裡總有各式各樣的人，也許有人對警務部深惡痛絕，或者義憤塡膺，決定憑自己的意志「替刑事部報仇」，這也不無可能。

「你啞巴啊？講話啊！」

山之內挺起鷹勾鼻破口大罵：

「還是怎樣，你想逃避責任才信口胡謅是吧？」

「不是的。」

「那就講清楚啊，你說這是內賊所爲的根據何在？是誰要陷害誰？你講啊。」

「這就不清楚了。」

貝瀨接著往下講，心境如履薄冰：

「我只是說，若眞是內部人士所爲，犯人有可能歸還警察手冊。」

「少給我狡辯！」

山之內火冒三丈，青山本部長揚起手，制止他說下去。

「你的意見値得考慮。警察手冊拿得回來，整件事也能和平落幕……」

本部長喃喃自語，雙臂交抱胸前，如塑料般光滑的額頭上，滲出了薄汗。他的腦袋肯定沒閒著，大概在思考貝瀨的意見安全與否，或者對自己有利與否吧。

會議室靜悄悄的，每個人都在等待本部長下達裁示。

光滑額頭下的眼珠子，瞟向後方。

「訊問內部人士要花多久時間？」

監察官室長趕緊起身回話：

「至少要兩天。」

貝瀨挺直背脊，忍受山之內惡狠狠的目光。

——拜託了。

不久，圓桌那邊做出了裁示。

「記者會延到後天吧。」

4

貝瀨打電話回家，告知家人今天會晚點回去，交代完便駕車離開縣警本部大樓。U署距離本部十五分鐘車程，現在已過下午四點半，天色也暗了下來。商店街提早掛上的聖誕節裝飾，反而突顯客人被連鎖店搶走的悲哀。

貝瀨嘆了一口沉重的氣息。

爭取到兩天時間──

這句話始終在腦海揮之不去，他唬住了本部長，多爭取到一點時間。只不過，眞的有辦法在短短兩天內找出犯人，奪回警察手冊嗎？

副駕駛座放了一份人事檔案，是U署刑事一課竊盜犯罪組長益川剛的個人資料。益川剛官拜警部補，年紀四十五歲，榮獲表揚的次數二十一次。一家四口住在宿舍，家庭成員有妻子和兩個女兒。

懷疑一個從未交流過的對象，感覺很不踏實。貝瀨原以爲自己理出了前因後果，但激動的情緒過了，才發現部會心結和報復義舉並沒有直接的關連。那一天只是剛好刑事部的人擔任值班負責人，貝瀨懷疑自己純粹是把一個偶然，穿鑿附會成結論罷了。

──別想了。

反正現在除了益川，貝瀨也沒有其他線索。

他不再考慮外部犯案的可能性，這種形同大海撈針的工作，只能依靠刑事部和警備部的人海戰術了。但要調查內部人士，短短兩天也難以清查十三名值班人員。所以要先針對益川下手。懷疑益川有犯案動機，是貝瀨唯一的選擇。

不過，能否接觸到益川也是個問題。監察官室握有調查內部人士的一切權限，饒是統一保管制度的提案者，也不能未經監察官同意，直接審訊相關人士。再者，警務部也不可能提供支援。會議結束後，鴨池部長只下達一道命令給貝瀨，就是要他先準備記者會的新聞稿。

——只好攻其不備了。

貝瀨橫打方向盤，開進U署的腹地內。五樓道場的電燈還亮著，看來監察官的審訊還沒有結束。

原以爲U署應該亂成一團，沒想到內部出奇安靜，也看不到幾個人影。一進門就看到交通課幾名員警，內部的警務課只有一般職員山崎朝代，還有一名年輕的課員。

貝瀨心想，自己挑對時間來了。

朝代在U署服務超過三十年，德高望重，期間生了三個孩子，其中二人已經成年。過去貝瀨擔任巡查，也在U署任職過兩年，受對方不少照顧。朝代在的話，料想可以打聽到不少情報。

「好久不見了。」

「哎呀，貝瀨先生——」

朝代拍手喜迎貝瀨到來，但她馬上想到這位舊識現身的原因，不禁皺起眉頭：

「出大事了呢。」

「是啊。」

「我問你，這是誰幹的好事啊？」

這種意有所指的問法，讓貝瀨頗爲在意：

「山崎大姊，妳認爲是誰幹的呢？」

「這就不好說了……不過，跟你保證一定不是我。」

朝代又恢復了笑容。

貝瀨想打聽益川的消息，卻不曉得該如何開口才好。他看了牆邊的保管庫一眼，高度和自己的身高差不多，外形看似置物櫃，鐵板厚度卻不下於市售的耐熱保險箱。把手周邊留有白色粉末，代表採集過指紋了吧。

——犯人是刑警的話，不可能留下指紋的。

「貝瀨先生，你坐啊，茶水給你送來了。」

貝瀨聽了朝代的話，回頭看到端著托盤的年輕課員。這位課員名喚神谷潤一，還只是一介巡查，眼神清澄純眞，身上那股稚嫩的氣息，令人想到護理師八木茜。

「神谷小弟很優秀喔，一定會跟你一樣出人頭地的。」

朝代說得二人愧不敢當，她本人表情卻垮了下來：

「貝瀨先生，上面的是不是懷疑我們啊？」

警務課的四名課員也被叫去道場，一大早就接受監察官的審訊。看來朝代也在斟酌問話的時機，想從貝瀨身上打聽出本部的消息。

「倒也不是懷疑你們，只是要徹查各種可能性罷了。」

朝代對這個答案還算滿意，但她透漏的新訊息，在貝瀨心中激起了一道漣漪。

——被叫去的是警務課的人？

朝代的訊息強行打開了貝瀨的視野。

沒錯，既然要懷疑內部人士，那就不該只懷疑昨晚値班的人。保管庫平常是警務課的人在看守，他們絕對有嫌疑。這麼理所當然的道理現在才想通，足見此案之重大，搞得貝瀨心神不寧。不，本部和轄區警署雖不能相提並論，但同爲警務課人員，或許貝瀨潛意識不想懷疑自家單位的人吧。

可是從現況來看，警務課員確實有能力犯案。

警察手冊的保管者是最容易犯案的。保管者可以假裝把手冊放進保管庫，再將空的保管庫鎖起來。用這種騙小孩的手法，就能輕易竊走警察手冊。

一樓的保管者綽號「士官」，貝瀨不用看資料就想起來了。

沒有人不曉得這個綽號是指哪一號人物。

保管者是U署警務課主任，名喚大和田徹。官拜巡查部長，年紀五十九歲，是J縣警首屈一指的老古板，因此被取了「士官」「士官長」等綽號。

大和田對規則和紀律異常講究，連署員敬禮姿勢不標準都會發飆。值班休息室太髒亂，還會命令已經回宿舍休息的人來打掃。有的年輕署員帽子沒戴正，就吃了他一巴掌。據說署長曾在不該停車的地方停車，都被他逼著把車移開。總之，上級和部屬都不喜歡大和田，但他畢竟是重視規則和紀律的警察，組織裡總是需要這樣的人，因此大和田在J縣警勉強還有一席之地。

貝瀨曾在大和田的轄區待過一年，也被折騰得夠嗆。當時貝瀨在派出所值勤，大和田並非他的直屬上司。但大和田沒在客氣，動不動就叫他跟父親看齊。貝瀨非常討厭這一點，不過——

如果大和田是犯人，那警察這行也算徹底墮落了。貝瀨是眞心這麼想。

撇開有矯枉過正之嫌不說，大和田確實是個正直無比的人。對上司也敢直言不諱，遵守規則和紀律是他的信念。萬一連這種人都將規則紀律棄如敝屣，犯下竊盜惡行，想必任人都會覺得警察組織快要完蛋了吧。

更何況，大和田明年春天就要退休了。不，按照過往的慣例，待退人士的官階會無條件晉升一級，不必等人事命令頒布，即可休假待退，這麼做的用意是感念他們多年來的付出。所以實際上，大和田眞正值勤的時間，只剩不到一個月。

轉念及此，貝瀨想到了另一個可能。

「山崎大姊——最近大和田主任還好嗎？」

「你說他啊？跟以前一樣啊，整天罵罵咧咧的。」

語畢，朝代訝異地問道：

「難不成，貝瀨先生你懷疑主任？」

「沒有……」

貝瀨不是懷疑大和田，但這位「士官」即將退休一事，還是令他掛懷。

他看過太多快要退休的警察，內心逐漸「動搖」的現象，這不是父親才有的問題。例如嘮叨的人變得沉默寡言，也有剛好反過來的例子。還有人淚腺變得很脆弱，值勤時犯下難以置信的愚蠢失誤，終日看著窗外等等。

一個人整整四十年監督著社會，同時也被社會監督，再過不久就要卸下制服帶來的重擔，面對排山倒海的空虛感——

通常這些症狀都是一時的。當事人只要到民間企業就職，感受一下全新的職場氣息，或是幫忙照顧孫子，涉獵自己渴望已久的興趣，症狀就會慢慢改善。可是，也有不少待退警察無法想像不當警察的人生。因此，這種鬼迷心竅的時期，在退休前是確實存在的。

大和田的情況又是如何呢？是否眞如朝代所言，完全沒有受到影響？警察組織本來就特別講究管理，而這位老巡查部長對自己和他人又異常嚴厲。如今再過不久就要退休，他會是什麼樣的心境呢？

大和田要眞是犯人，警察就算是徹底墮落了。貝瀨依舊不改這個看法，但他認爲自己似乎發現了一個新的嫌犯。不，這疑慮也不是針對大和田，貝瀨見過父親被退休前的「動搖」摧折到體無完膚的地步，他懷疑的是那種現象對待退人士的影響。

「神谷巡查！」

後方有人扯開嗓子大吼，嚇得貝瀨縮起脖子，不用回頭就知道是誰來了。大嗓門的主人正是——

大和田來了。

貝瀨繃緊身子，連忙起身打招呼：

「主任，好久不見了。」

「您值勤辛苦了！」

大和田對本部的年輕警視行禮，但也僅此而已，沒再理會貝瀨。他斥責神谷沒把桌子擦乾淨，對神谷下達各種打掃命令。

大和田雙目圓瞠，表情猶如怒目金剛，跟貝瀨記憶中的印象別無二致。不過，頭髮和眉毛斑白許多，臉上也留下駭人的歲月刻痕。大家會稱他「士官」，主要跟他不怒自威的外貌有關係，可睽違多年相見，精悍的士官也成了老兵。

監督神谷打掃完，大和田回到自己的座位，準備下班回家。

貝瀨低頭看錶，時間是五點十五分。

其實貝瀨也知道，應該趁現在去找大和田問話，但腳步就是跨不出去。大和田一向喜怒不形於色，但看得出來他不太高興，或許是被監察官找去問話的關係吧。

這一猶豫，大和田揹起黑色的包包就準備走人了。

貝瀨下定決心走近對方：

「大和田前輩，監察官找您——」

大和田打斷貝瀨，厲聲說道：

「昨天下午五點二十分，三十本警察手冊入庫，確認上鎖！今天上午七點四十五分，開鎖檢閱保管庫，發現三十本警察手冊全數遭竊，隨即電話聯絡有關單位——報告完畢！」

貝瀨氣勢上輸人一大截，一句話也講不出來。同時，他也想通監察官先放大和田走的原因。沒人敢把大和田當成嫌犯調查，因爲這個人四十年來，始終是嚴以律己的鐵漢。

「在下先行告退！」

大和田再次恭敬行禮，大步走過貝瀨身旁。

什麼內心動搖和鬼迷心竅，這些疑慮統統煙消雲散了。大和田仍舊是個鐵錚錚的「士官」。

貝瀨目送大和田離去的背影，心有不甘地思考著，那個黑色包包一定能裝下三十本警察手冊。

5

貝瀨決定留下來等益川剛。

時間已過午後六點，山崎朝代和神谷巡查也回家了，警務課剩下貝瀨一人。晚餐就拜託今晚的值班人員幫忙訂拉麵。可惜署內沒有熟面孔，不然多少能打聽一點情報。值班人員待在交通課的待命區域，不時投以疑惑的目光，還靠在一起竊竊私語。

貝瀨吃著麵條，不忘緊盯樓梯的方向。

他開始埋怨監察官拖拖拉拉。當然，監察官能找到犯人是再好不過，但他們找到犯人的希望應該不大。審問的對象共有十七人，包括昨晚值班的員警和警務課成員。大和田與其他五人已經先回家了，還剩下十一人要審查。三位監察官要訊問這麼多人，能問得多深入也是個問題。

——媽的，還沒好嗎？

貝瀨坐上沙發。

「士官」早已下班，但署內還是看得到他的影響力。地板擦得一塵不染，辦公桌也整理得很整齊，桌面還清楚反照日光燈的光芒。貝瀨想起神谷巡查剛才拚命打掃的模樣，還有大和田在後方罵人的光景……

貝瀨的腦海閃過一絲負面的念頭。

討厭大和田的人肯定不在少數，也許犯人痛恨的不是警務部，而是大和田。這應該算是犯案動機吧？

有可能。大和田是警察手冊的保管負責人，偷走警察手冊是要陷他於不義，或者害他顏面掃地，所以才趁他退休之前下手。

一旁的動靜打斷了貝瀨的思緒。

樓梯傳來腳步聲，益川走在兩個人後頭。顴骨突出的臉龐和猛禽般的銳利眼神，都跟照片上一樣。照片沒拍到的是，臉龐下還有壯碩的身材，不下於橄欖球選手。

貝瀨起身奔跑，一路追到後門。

「益川組長——」

益川扭動厚實的脖子，回頭看著貝瀨。

「我叫貝瀨，在本部的警務課當差。」

「啊？喔喔，我知道，我知道。」

益川晃著腦袋，還故意擺出裝蒜的表情。

「不好意思，我知道你累了，但還是請撥冗一談。」

貝瀨先放低姿態，他的階級高益川兩級，但益川多他一年資歷。而且，雙方幾乎是素昧平生的關係。

「我都跟監察官說了，知無不言喔。」

「這我明白，只不過……」

「啊，統一保管是調查官你的主意是吧？」

益川開口嘲諷，眼神卻嚴肅地觀察貝瀨的反應。

貝瀨火大地握緊拳頭：

「不會花你太多時間，跟我聊一下。」

益川扭扭脖子，一副很疲倦的樣子：

「眞不巧，監察官不准我們跟其他人談起案情。」

「審訊還沒結束嗎？」

「明天好像還要問。所以，先告辭啦。」

益川推開後門，走向寒風呼嘯的停車場。

——媽的！

貝瀨一跺腳，快步追上。

益川回頭看了一眼，也沒低頭打招呼，直接坐進藍色的四門轎車裡。

貝瀨頓時產生不安的心情。

監察官查過車子了嗎？

益川是昨晚的値班負責人，整晚都待在警署內，而大和田在今天早上七點四十五分打開保管庫。換言之，大和田發現手冊失竊時，輪値時段尚未結束。値班人員不得回家，直接被帶到五樓道場。假設益川是犯人，他還沒機會把偷來的手冊帶出去。

貝瀨未及細想，身子已經動了起來。他一個箭步衝到益川的車頭前方，現場響起尖銳的煞車聲。

「你這樣很危險耶！」

「抱歉——不好意思，請打開後車廂讓我看看。」

益川一聽，臉上的慍色全消：

「爲什麼？」

「姑且確認一下。」

「這是命令……？」

——少廢話，快給我打開！

貝瀨用眼神傳達自己的情緒。

益川點點頭，解除後車廂鎖，後車廂緩緩打開。貝瀨小跑步繞到後方檢查，裡面只有一些工具、鍊條、毛巾、刷子……

「監察官一大早就看過了。」

貝瀨猛一抬頭，就看到益川從車窗探頭。那張蠢臉上，還多了得意的笑容。

——王八蛋！

「個人物品也全都檢查了，簡直把我們當嫌犯。」

「……」

「可以走了嗎？」

「嗯嗯。」

「只有這樣……？」

益川低聲反問。

貝瀨瞪視益川，頭稍微低了下來：

「不好意思，耽誤你時間。」

話一說完，引擎聲轟然作響，聽起來就像益川的怒罵與嘲笑。

6

看過幸一和裕美子的睡臉後，貝瀨回到客廳，愛子替他倒了一杯茶。

「孩子都睡了？」

「是啊，睡得很熟。」

愛子遞上茶杯，接續原先的話題：

「那個打翻顏料的小朋友，你猜他後來怎麼了？」

「怎麼了？」

貝瀨一邊回話，一邊鑽進被爐裡。

「那孩子竟然潑一桶水，把顏料沖掉。整間教室都是水，小幸的襪子也濕了。」

「也太過分了吧，那小子。」

「才四年級的小孩子喔，眞可怕。最近不是說有的小孩完全目無法紀嗎？」

貝瀨比較晚回家的日子，愛子會說起兒女在學校發生的事。這樣的日課貝瀨甘之如飴，但今晚他連點頭稱是都嫌懶。

「對了，忘記告訴你，二渡先生又送蘋果來囉。」

貝瀨望向牆上的時鐘，已過晚上十點了。

「我明天打電話去道謝。」

「記得打喔，人家每年都送蘋果來——」

話才說到一半，愛子突然望向廚房，眼睛張得老大。

——又發作了嗎？

愛子聽到瓦斯被打開的聲音。

只有她聽得到的聲音。

「放心吧。」

貝瀨靜靜地安撫愛子，愛子面色鐵青，雙手摀住胸口緩和急促的呼吸。

跟父親一起生活的那五年，愛子吃了不少苦。瓦斯、藥物、刀子、繩子，但凡父親可能用來自殺的東西，全都由愛子嚴格控管。而且是全天候、全年無休地控管。多虧有愛子的辛勞付出，父親才活到現在。代價卻是愛子的開朗性情，以及一頭烏黑的秀髮。

「老公……」

「嗯？」

「你今天去醫院了對吧？」

「……」

「爸他怎麼樣？」

「還是一樣啊。」

「這樣啊……下次換我去探病……」

貝瀨沒有回話。

父親和愛子都患了心病，至今仍斷不開黑暗的共鳴。愛子去見父親肯定會受影響，說不定她的心再也逃不出醫院的鐵窗。

只是，現在貝瀨有些後悔，當初送父親去醫院療養時，應該多跟愛子商量的。結果貝瀨獨自做決定，這點成了夫妻之間的心結，害他們無法真心坦然。每次談起父親，這種寂寥的情緒就讓他心情鬱悶。

愛子到寢室休息後，貝瀨把身子鑽進被爐裡，枕在手臂上。

今天好累。

一大早前往醫院，中途得知警察手冊被竊，還在部長會議上承受千夫所指。本以爲到U署能打探到消息，不料卻被大和田喝斥，還被益川玩弄於股掌。

——益川是犯人嗎？

不知道，益川確實對警務部沒好感。聽他的口吻，顯然對警務部有不小的敵意，而且城府極深。問題是，貝瀨也不敢一口咬定對方可疑。益川是有行竊的可能性，但眞的下手行竊的人，照理說不可能那麼沉著冷靜。至少，益川的車子和私人物品中都沒有警察手冊。貝瀨之所以懷疑益川，主要因爲他是值班的負責人。然而，值班負責人按規定不得離席，他是最不適合帶走警察手冊的人。

——不適合嗎……

貝瀨嘆了一口氣。

打從一開始，貝瀨就在思考懷疑誰對自己有利。說穿了，益川對他來說只是一個特別合適的「代罪羔羊」。

若竊案是外人所爲，統一保管制度和新制度的提案者，就註定沒翻身的餘地了。反之，若是自家人所爲，而且還是刑事部人士挾怨報復，情況就不一樣了。該受譴責的將是犯人和刑事部，而不是貝瀨和新制度。屆時，山之內刑事部長也無法攻擊貝瀨。換句話說，益川是犯人的推論，只是貝瀨的一廂情願。警署裡裡外外有數不清的嫌疑犯，偏偏他挑中了益川。

貝瀨漸漸認爲，這一切毫無眞憑實據。

不，假設益川眞的是犯人，那也不是他應付得來的對手。益川是老練的刑警，二十多年來對付無數犯罪老手。相對地，貝瀨在管理部門當差，完全沒有搜查的經驗，上頭也沒給他調查的權限。還沒對決，勝負就已經揭曉了。

——只好交給監察了。

貝瀨嘆了一口粗重的氣息，撐起上半身離開被爐，一把抄起公事包。

他在被爐的桌面攤開原稿，記者會的草稿得先做出來才行。這是上頭交代給貝瀨的唯一工作。

過了三十分鐘……一小時……

貝瀨還是沒動筆。

他不懂，爲何非得寫這種東西不可？他不是爲了幹這種事才當警察的。

眞是有苦難言。

父親一輩子只當基層員警，貝瀨很敬重他，甚至繼承了父親的衣缽。他沒想過要升官發財或出人頭地，看是要做外勤、刑警、交通警察都沒關係，只要能在第一線服務就好。警察學校的日記，他一直是這麼寫的。

環境造就了貝瀨，組織也很慶幸子承父業的新血加入，對他寄予厚望。很多認識父親的上司也鼓勵他，要他向父親看齊，成爲超越父親的優秀警察。

貝瀨努力回應這些期許，勤務和晉升考試也全力以赴。不過，這一切實在太沉重了，貝瀨承擔了莫大的壓力。上頭的要求永遠超出他的能力範圍，不斷強迫自己進步，感覺連自我都扭曲了。

每次升遷他都告訴自己，夠了、不要再拚了，你的能力只適合到這裡。階級章上的星星數量增加，感覺像在踐踏父親的人生一樣。後來父親發病，他開始用一種疏離的眼光來看待組織。然而，上頭硬是要他往上爬。他先後待過教養課、總務課、警務課……組織將他視爲管理部門的新生代棟梁，讓他經驗各種職缺。

——結果竟是這種下場。

組織悉心栽培，將貝瀨提拔爲警視，現在發生了一件竊案就翻臉不認人。上頭把所有責任推給他，不但未審先判，還害他被孤立。

貝瀨丟掉手中的筆，孩子的房裡傳來咳嗽的聲音，猶如在回應他丟筆的舉動。

他輕輕打開拉門，幸一像胎兒般縮在毛毯裡，身上的被子滑落了。裕美子也一樣，兩個孩子連睡相都很相似。貝瀨替兒女重新蓋好被子，凝視他們的睡臉好一會。

看著看著，心中多了一道暖流。

晚飯要全家人一起吃，眞的不行，好歹也要在孩子入睡前趕回來。貝瀨始終掛念家庭，他想做父親做不到的事，好好爲人父母。

可惜，也只能做到明年春天了。

明年貝瀨會被趕出本部，調往轄區當差，一年半載是回不來的。大概要過三到五年吧，或許得花上更多時間，到好幾個轄區打轉。讓孩子離開朋友太殘酷了，還是把家人留下，自己到轄區赴任吧。

貝瀨回到客廳。

他收起桌上的原稿，拿出包包裡的檔案。那是U署值班日誌的影本，他想方設法才拿到這一點資料。老實說他也不知道，了解U署昨晚的狀況有多大的意義。

——只是，盡人事聽天命吧。

貝瀨瀏覽影本內容。

下午六點二十三分，轄區內發生傷亡車禍，三名值班員警出動，八點四十分回歸。

七點十分，民眾報案轄區有人打架鬧事，兩名值班員警出動，到場發現是誤報，七點五十八分回歸。八點二十分，轄區內發生無人傷亡車禍，兩名値班員警出動，十點〇五分回歸。

每看一件通報的案子或事故，貝瀨就核對出勤員警的姓名，以及他們離開警署的時間。不料內容十分繁雜，沒法用暗記的方式釐清。

貝瀨拿出剪刀裁切原稿，剪出十三張長方形的紙片，在紙上寫下每一位員警的姓名。桌子的右邊空出一塊「署內區」，左邊則空出「署外區」和「休息室」。他用沙盤演練的方式重現日誌的內容。

形同解謎的作業大約兩小時才做完。不，正確來說才做到一半，他的手就停下了。半夜十二點到十二點二十三分這段時間，「署內區」只有「益川」和「戸塚」這兩個人的紙片。

戸塚浩一郎，刑事一課竊盜犯罪組巡查，年紀二十五歲，是益川的直屬部下。

這兩人是共犯……？

要眞是這樣，警察手冊不在益川手上就說得通了。可能戸塚是聽命行事，幫益川把警察手冊帶出警署。

貝瀨也心知肚明，這同樣是個方便他羅織罪名的假設。不過，新發現的巧合占據了他的心思。

半夜三點，貝瀨壓抑著亢奮的情緒踏入寢室。他盡量放輕腳步，但愛子還是一如往常醒來了。

7

貝瀨一大早就聯絡警務課，表明自己會晚點上班。井岡組長連忙將電話轉給課長，小菅課長也不問他遲到的理由，只冷冷地交代記者會在明天下午一點舉行，要他快點交出記者會用的原稿。

——還有一天，急什麼啊？

上午九點，貝瀨前往U署的單身職員宿舍。先跟宿舍管理人知會一聲後，前往二樓。

來到二〇三號室，果不其然，戶塚浩一郎睡死在床上。值班的休息時間不到四小時，昨天沒班的日子又被監察官叫去問話，要趁今天休假多睡一點。

「戶塚巡查——請你起來。」

貝瀨搖晃戶塚的身體，戶塚說了兩、三句聽不懂的話，這才張開惺忪睡眼。等他看清楚是誰來了，立刻從床上彈起來。

「長官早安！」

本來在派出所當差的戶塚，被調到U署後在拘留所擔任一年看守，今年春天才到竊盜犯罪組任職。刑警的世界有個說法，入行前三年都只是打雜的菜鳥，戶塚就是一個尚在學習的菜鳥刑警。他剃著一頭短髮，臉龐圓滾滾的，活像一顆馬鈴薯。可是仔細一看，他有一雙堅定的細小眼眸，以及不會輕易透露祕密的緊閉雙唇。

這個不好的預感成真了。

「今天下午監察官還會找我去問話，請恕我無法答覆您的問題。」

戶塚跪坐在地上，直截了當表明立場。

「你也不用想得太嚴肅，我只是想知道前天署內的狀況罷了。」

貝瀨好說歹說都沒用，戶塚一再重複剛才的說法。貝瀨來之前還抱著一絲希望，也許自己擺不平經驗老到的益川，但對付菜鳥總是有辦法。沒想到，連最基層的刑警也被灌輸了刑事部的作風。

——就不會說點真話嗎？

貝瀨也不耐煩了：

「那說說你的意見吧，這不是審問。」

「……」

「你認爲這件竊案是外人幹的嗎？」

「我不這麼認爲。」

戶塚立刻以堅定的語氣答話。

「怎麼說？」

「當天有我們值班顧守，連一隻小貓都進不來。」

「那麼是自家人幹的？」

「這就不清楚了。」

「既然不是外人所爲，不就只剩自家人了嗎？」

「我不清楚。」

誘導性提問看來也到此爲止了。

貝瀨問了最後一個問題：

「你對統一保管有何看法？」

「這……」

戶塚沒有馬上回答。

「這我不懂。」

貝瀨起身準備離開：

「打擾你了，好好休息吧。」

「呃——」

戶塚欲言又止，整張臉都脹紅了。

「有話就說吧。」

「我認爲統一保管警察手冊，確實打擊了警察的士氣。」

貝瀨瞇起眼睛打量戶塚，再轉頭看看房內。也許那三十本警察手冊，之前就藏在這個房間裡吧。往窗外望去，不遠處就看到國旗飄揚的U署。

貝瀨先回本部的警務課。剛才對戶塚下手沒有任何突破，但頭都剃一半了，他打算傍晚再去找益川問話。不料到了下午，益川主動打電話來說有話要談。

——今天吹的什麼風啊？

貝瀨懷著戒心，走上U署的樓梯。

刑事一課在三樓，貝瀨伸手握住門把，卻猶豫了一下。過去他在U署當差，也從來沒有踏進刑事一課。

——那又怎樣？

打開房門，有種特殊的氣味和凝重的空氣。室內的刑警都轉過頭來，貝瀨感受到他們的眼神和呼吸。

「勞您駕啊。」

有人在後邊的位子打了聲招呼，益川出來見客了。他的動作和昨晚一樣溫吞，但表情完全不一樣。凌厲的目光支配了整張臉龐，早已沒有昨日裝傻的模樣。

益川打開偵訊室的大門：

「既然要問案，那就到這裡問吧。」

益川繞到鐵桌的另一邊，壯碩的身軀坐上嫌犯專用的小破椅，大大翹著二郎腿。

「你先請吧。監察官問完話了，你想知道什麼我都告訴你。」

——這傢伙在打什麼主意？

那一句你先請，貝瀨聽著有點納悶。可是，益川保證知無不言，那就該把握機會。

貝瀨一坐下就開門見山：

「你們值班那段時間沒有外人入侵，所以是自家人犯案對嗎？」

「想必是吧。」

益川也很坦白。

「你認爲是誰下的手？」

「按常理思考，就是那位『士官』啊。保管庫是他負責開關的吧？」

有道理，問題是——

「大和田主任有偷竊警察手冊的動機嗎？」

「你說對了，就是這一點講不通。」

「不是主任的話，誰比較可疑？」

益川扭扭脖子回答：

「不就是我嗎？保管庫的鑰匙就掛在我面前啊。」

貝瀨隔了一拍，凝視對方的眼睛問話：

「組長，你有行竊的動機嗎？」

「當然有，我早就想毀掉統一保管這種垃圾制度了。」

「你敢說統一保管是垃圾制度……」

不過，益川比貝瀨先發火：

「問夠了吧，再來換我說話了。你趁戶塚睡覺的時候搞突襲，手段也太髒了吧？」

——原來是這麼一回事。

明白益川找自己來的用意，貝瀨反而沒那麼緊張了。

「有什麼好骯髒的？我只是要找回失竊的警察手冊。」

「你的意思是，警察手冊是我和戶塚偷的？」

「你有動機，不是嗎？」

「喂，你給我收斂一點。打擊罪犯的刑警知法犯法，以後還要不要混啊？」

「深夜十二點以後，署裡就剩你和戶塚對吧？」

「好了啦，警務單位的傻蛋就別在這裡班門弄斧了。」

「你再說一遍……」

「我對你們這些被閹過的狗官沒興趣啦，快點回本部大樓，舔那些高考組的屁眼吧。」

貝瀨怒火中燒，衝上前揪住益川的領口：

「有種再給我說一遍！」

「想打架是不是！」

益川用更強悍的力氣，一把揪住貝瀨的領口，使勁將他往上吊。

兩個人抓住對方的領子，衝到沒有鐵桌阻擋的地方。

「給我收回那句話！」

「你他媽的才應該道歉！現在外面天寒地凍的，戶塚還在外面到處找手冊！」

「我也在做自己的工作！」

「你在工作……？」

益川壯碩的身軀挺進，貝瀨整個人被撞到牆壁上，動彈不得。

「少講得一副義正嚴詞的樣子！你們做的是什麼狗屁工作？我們是眞的拿自己的性命守護治安，你們守護了什麼？本部長？還是你們自己的仕途？講啊！」

「王八蛋，當然是守護自己的家人啊！」

益川的手勁突然減弱了。

貝瀨抓準機會，利用全身體重順勢翻身一摔。兩人失去重心，抱在一起撞上鐵椅。

幾名刑警聽到打鬥的聲音，全都衝了進來。

「給我放手！」

貝瀨放聲大叫，臂膀和腰部都被緊緊抱住，益川也被其他同事架住。二人氣喘吁吁，怒目相視。

「沒事啦，我們小玩一下罷了。」

益川甩開其他刑警，再次面對貝瀨，臉上已經毫無戰意了。

「沒其他事了吧，調查官？」

「……」

走出偵訊室的益川停下腳步，隔了一會回過頭說：

「我也一樣——說到底，我們眞正想保護的都是自己的家人。」

聽到益川感性的聲音，貝瀨直覺認定他是清白的。

8

晚上八點，本部警務課——

辦公室只剩下貝瀨的位子還亮著，原稿依舊空白一片，貝瀨連筆都沒拿出來。

他動腦反覆推敲這起竊案。

——益川是清白的。

貝瀨對此十分篤定，益川一刻也沒有離開鑰匙前面，所以照常理推斷，其他值班員警也是清白的。

益川有可能中途去上廁所，犯人也可能有備份的保管庫鑰匙。外部人士或許也有萬分之一的機會，抓到空檔行竊。可是，貝瀨已經不去想這些微乎其微的可能性了。之前，爲了把益川這個「最合適的犯人」當成代罪羔羊，他沒看清整件案子的癥結，往錯誤的方向調查。現在他不想再去糾結旁枝末節，害自己深陷沒有出口的迷陣了。

要勘破癥結。既然不是值班員警和外部人士，那就剩下U署的警務課了。犯人就是U署警務課的人——

傍晚，山崎朝代準備下班的時候，貝瀨邀她前往咖啡廳一談。貝瀨想知道的是，U署內有沒有人痛恨大和田？朝代對這個問題只是一笑置之，按照她的說法，大和田雖然顧人怨，但要說痛恨未免太誇張。貝瀨又問到神谷巡查犯案的可能性，朝代說神谷巡查那一天不用值班，人不在署內。再者，神谷巡查爲人謙和善良，從來沒說過大和田的壞話。貝瀨還是不死心，一連又問了幾個問題。朝代大概是被問煩了，最後只勸貝瀨不要懷疑自己人，畢竟保管庫的鑰匙一向由大和田保管。

到頭來，問題又回到原點。

大和田徹。

他是一樓的保管負責人。保管庫的鑰匙由一人管理，案發當天也是他收走眾人的手冊。從各項情況來看，他完全符合犯案的條件。

朝代的表情也暗示了這一點，益川更是說得明明白白。一個老練的刑警合理推論出來的答案，同樣直指大和田可疑。

可是，沒有人想得出大和田犯案的動機。

貝瀨靠在椅背上。

動機——

還是想不出來，根本完全沒有頭緒。大和田偷走警察手冊？那個信奉紀律的「士官」竟然作奸犯科？

萬一犯人眞是大和田，那只能說是退休前鬼迷心竅吧。一定是退休前內心動搖才一時糊塗吧。或許，大和田的心境發生劇變，只是外人看不出來罷了。

還是說，大和田有什麼不得已的苦衷，才不得不偷走警察手冊？貝瀨不認為有這樣的苦衷。什麼樣的苦衷值得他放棄四十年來的信譽，也要偷走同事的警察手冊？

苦衷……

——咦？

貝瀨心中泛起一種異樣的感覺。

他知道有個合理的答案，好像曾經在哪裡聽說過。

或者應該說，他勘破了整件案子的玄機，而不是犯人的苦衷。他察覺到自己早就掌握了某種關鍵。

貝瀨開始挖掘那一閃即逝的念頭。他拚命回溯心中的千頭萬緒和記憶深處。

可惜短暫的靈光消失了，不知去向。到底那異樣的感覺是什麼？

「打擾了。」

有人打開警務課的門，手電筒的燈光照到牆壁上，是本部的值班員警來巡邏。

「調查官，您沒事吧？」

「……你指什麼？」

「您的氣色很不好喔。」

9

「跟你說，今天裕美子被老師稱讚囉。」

「眞的啊？」

「老師說她才小二，就已經會寫自己名字的漢字了，一定很努力練習。」

「是啊。」

愛子在剝橘子，貝瀨凝視著她的側臉，看出了歲月的痕跡。

「愛子——」

「怎麼啦？」

「要不我們加減蓋一棟自己的房子吧？」

原則上，到外地任職是要攜家帶眷一起走的。不過，只要蓋了房子，上級就會默許當事人獨自到外地任職。

愛子仔細端詳貝瀨的表情：

「你說要蓋房子……可是，近期不會有異動吧？沒必要現在蓋啊？」

「明年春天，可能就會有異動了。」

「是嗎？」

「嗯，妳心裡先有個底就好。」

貝瀨躲進了廁所。

——時間也用完了。

放棄的念頭占據了貝瀨的內心。兩天的時間太短了，愛子就寢以後，他得在今晚寫下記者會的新聞稿。媒體會用他的原稿寫成新聞，新聞一旦昭告天下，他在警務課的地位就保不住了。

——這也是懲罰吧……

大和田的臉龐在腦海中揮之不去。大和田有可能是犯人，偏偏貝瀨拿他沒轍。貝瀨沒有證據，也不知道他犯案的動機。況且，貝瀨沒有足夠敏銳的直覺，對權位也毫不戀棧，因此沒法一口咬定大和田就是犯人。

——算了吧，就到此爲止……

貝瀨前往盥洗間，聽到乾咳的聲音，咳得比昨晚更嚴重了。

——幸一是不是眞的感冒啦？

貝瀨走到孩子的房間，幫他們蓋好被子。就在他踮腳轉身準備離開時，腦海中突然靈光乍現。

——啊。

貝瀨呆立原地。

來了。

剛才那種感覺又來了。

關鍵在昨晚。沒錯，昨晚他確實聽到了某段很重要的話。

貝瀨立刻衝回客廳：

「愛子，妳之前說了什麼？」

「你在說什麼啊？」

「昨晚妳不是有對我說一段話？」

「我叫你記得跟二渡先生道謝──」

「不是，不是那件事。」

「啊，你說小幸他們班上的事情？有個小孩子把顏料打翻了──」

就是這件事。

小孩子把整桶水潑在地上，是要掩飾打翻顏料的過錯。

這便是竊案的玄機。

為了隱瞞一本警察手冊遺失，而偷走二十九本警察手冊──

假設大和田弄丟了自己的警察手冊。也許他在退休前內心確實動搖了，只是外表看不出來罷了。他失去平日的嚴謹，不小心弄丟了警察手冊，警察手冊可是警察的象徵。就先假設是這麼一回事吧。

弄丟警察手冊這件事，大和田死也說不出口。這對信奉紀律的男人來說，將是一生的恥辱，四十年盡忠職守的生涯也會化爲泡影。這就是犯案動機，也是唯一有可能逼大和田犯案的動機。再過不久就要退休了，他不願一世英名毀於一旦。說不定，這就是警察手冊失竊的眞相吧？

貝瀨望向時鐘，已經十點十五分了。

他算是看出了犯案動機，但依舊沒有眞憑實據。

——怎麼辦呢？

大和田要眞是犯人，警察手冊應該安然無恙。他不可能丟掉警察手冊，大概是打算退休後再偷偷歸還吧。

一定就藏在某個地方，可能是他家、庭院、公園、投幣式置物櫃……

要聯絡監察官嗎？還是找刑事部一起調查？

沒用的，他們一定不會認眞看待貝瀨的推論。不，就算上頭肯採取行動，萬一犯人不是大和田該如何是好？這等於是侮蔑一個終生奉公守法的警察。貝瀨的一句話，會讓大和田的警界生涯在最後蒙上汙點。

——只能靠我去說服他了。

貝瀨決心已定。

然而，對手是鐵打的「士官」。正面硬碰只會吃閉門羹吧？不，大和田要真是犯人，他一定是出於無奈才會行竊，事到如今也不可能承認。

——不對……

也不必逼他認罪。眞正的關鍵是警察手冊，只要拿回二十九本警察手冊就行了，既然這樣的話——

貝瀨陷入沉思，完全沒聽到愛子說話。

到了晚上十一點，貝瀨起身說道：

「我出去一趟。」

10

大和田住在一棟很小的雙層民宅，簡直稱不上獨棟房。

貝瀨深夜按鈴，一點也不心虛。連按了三次……四次……五次……

「哪個冒失鬼啊！」

貝瀨先聽到罵人聲，之後才看到大和田穿著睡衣衝出來。

「調查官——？您深夜造訪到底有何要事！」

貝瀨先向對方致歉，並說明來意：

「我已經知道是誰偷走警察手冊了。」

怒目圓睜的大和田，眼睛張得更大了。他想說些什麼，但嘴唇微微顫抖，一個字都吐不出來。

至此，貝瀨終於證實了自己的推論。

——果然是他。

大和田帶貝瀨到客廳一敘。

相框裡有三個兒子的照片。貝瀨從朝代口中得知，大和田的三個兒子分別是成衣製造商職員、美容師、電玩設計師。三個兒子選擇的職業，似乎道盡了這個家多年來的糾葛。兒子把老子當成負面教材，大和田在家中肯定也是嚴厲的「士官」。

「讓您久等了。」

大和田整理好服裝儀容才出來見客。舉止是比剛才沉著一些，但緊張的神情是藏不住的。

二人正襟危坐，彼此對視。

「調查官——您說，誰是犯人呢？」

在緊張的氣氛中，大和田率先打破沉默，貝瀨緩緩告訴他：

「名字我不知道。」

「這是怎麼回事？您剛才不是說……」

「犯人有打電話給我，但沒有報上姓名。」

「是嗎……」

大和田的顏面肌肉稍微放鬆了：

「那麼，您爲何來找我？」

「因爲這件事跟主任有點關係。」

「跟我有關係？」

「是的。」

貝瀨觀察大和田的反應，講出預先想好的說詞：

「犯人沒有承認自己的身分，但有告訴我犯案動機。犯人似乎對您有怨，而您是保管手冊的負責人，偷走手冊是要找您麻煩。犯人說，這就是犯案的動機。」

大和田不說話，窺探著貝瀨的眼神。

貝瀨加重語氣，接著說道：

「可是，犯人說他害怕了，想要歸還警察手冊。只不過——」

貝瀨語氣下得更重了：

「犯人說他撕毀了主任的手冊，只還得了二十九本警察手冊。」

「……」

——拜託你要聽進去。

貝瀨暗自祈禱，繼續往下講：

「我跟那位犯人說，明天中午以前，一定要把警察手冊放在我們找得到的地方。」

貝瀨有一種錯覺，好像看到大和田點頭了。

「以上就是我和犯人的對話內容——還請主任千萬別張揚，我也不打算告訴上級。」

「您不打算上報？」

「是的。否則事情鬧大，犯人不願歸還警察手冊，那可就因小失大了。只要拿得回警察手冊就好，至少我是這麼想的。」

雙方的視線交錯，看入了彼此的心。

——成了。

此行談出了成果，貝瀨是這麼相信的。

臨行前，大和田出來送客，他嘆了一口氣，感觸良多地說：

「令尊是位了不起的人，看來您也成爲跟他一樣優秀的警察了。」

貝瀨不曉得大和田說這段話的用意。

他只是再次凝視對方的雙眸。

——明天，務必歸還。

11

本部警務課一大早就忙得人仰馬翻。

記者會預計在下午一點舉行，本部長命令鴨池警務部長主持。小菅課長僥倖逃過一劫，但貝瀨沒有寫好新聞稿一事，令他勃然大怒。其實，生氣也是演給課內的人看的。小菅大概也信不過貝瀨，所以跟平常一樣事先買了保險。井岡組長用文書處理器打好的新聞稿早已付印，本部長也同意發布了。

貝瀨待在自己的位子上，心急如焚。他苦苦等候，就是等不到警察手冊被找到的消息。

——拜託了。

除了祈禱，貝瀨別無他法。

時間過得很快，一眨眼就過十點半了。等他再次抬頭，已經快十一點了。

——約好中午前歸還的，我沒記錯吧？

隨後，電話響了。

「我是貝瀨。」

「是我——」

電話是愛子打來的。

「怎麼了？」

貝瀨的聲音夾雜著怒意。

「醫院打電話來……爸的身子好像出了問題。」

——老爸……！

「多嚴重？」

「不清楚，醫院只說他突然在走廊暈倒。」

愛子的情緒很激動。

「……」

貝瀨很猶豫，該去醫院一趟嗎？可是——

「我打算去醫院一趟。」

「……」

「你放心，我搭計程車去。」

「麻煩妳了。」

貝瀨掛斷電話，強行壓抑自己的情緒。

之後，電話再也沒響。

時鐘上的每一根指針都在前進，速度快到令人生厭。

大和田不打算歸還警察手冊嗎？還是貝瀨的推論打從一開始就錯了？

——不，是大和田，肯定是他。

午時的報時聲響起，指定的期限過了。

——媽的！

有人打開電視播放午間新聞。下一次的新聞播報時間是三點，頭條將是J縣警警察手冊大量失竊一案。

——難不成……

貝瀨心中另有擔憂。

也許大和田已經歸還警察手冊了，就放在署內的某個地方。但下面的人沒找到，他會不會放在很難發現的地方？

「井岡組長，請你來一下。」

面色凝重的井岡走了過來，貝瀨悄悄對他說：

「警察手冊就在U署裡。」

「咦？」

「請你去找一下。可能在樹籬、停車場、車庫，麻煩你仔細查看。」

井岡偷瞄小菅課長一眼，課長也在注視他們。

貝瀨一把拉住井岡：

「反正我只幹到明年春天，這是我最後的請求，拜託你了。」

「別、別這麼說啊，調查官——」

井岡聞言，表情難過扭曲。他人品不壞，只是膽子小了點。

「你願意幫忙嗎？」

「知道了，我這就去一趟。」

井岡飛也似地離開警務課。

十二點十五分……三十分……終於到四十五分了。

——井岡，還沒找到嗎……！

鴨池部長進入警務課，十五分鐘後就要開記者會了。

——來不及了！

貝瀨火大地拿起電話。

手指撥打U署內線，大和田的分機號碼。

電話另一端傳來山崎朝代開朗的聲音，她說大和田出去吃飯了。

——王八蛋！

貝瀨火大掛斷電話，鴨池瞪了他一眼：

「我要去替你擦屁股了。」

——沒希望了嗎？

鴨池轉身準備離開。說時遲那時快，電話響了。

貝瀨迅速抄起電話，是井岡打來的。

「找到了！就在車庫後方！」

貝瀨立刻起身，對著大門的方向怒吼：

「且慢！找到警察手冊了！」

課內一陣騷動，鴨池和小菅呆站在原地。

貝瀨對著話筒問道：

「井岡，你找到幾本警察手冊？」

「我現在數——呃，二十六、二十七、二十八……總共二十八本！」

——二十八本？

「請你再數一次。」

「確認無誤，是二十八本。少了兩本。」

「少哪兩本？」

「呃，警務課大和田主任的手冊……還有，警務課神谷巡查的手冊。」

——少了神谷的……？

貝瀨像洩了氣的皮球，一屁股坐下來，身體癱在椅背上。

——爲什麼……？

警務課上上下下，忙著把警察手冊失竊的記者會，改成「新式警察夾克」發表會。幾名年輕課員充當臨時模特兒，穿上剛送來的樣品，匆匆忙忙跑出警務課。

該忙的差不多都忙完以後。

貝瀨終於想出了結論。不，這應該才是竊案的眞相，但貝瀨還是很難相信自己推導出來的答案。

——原來是這麼一回事嗎？

遺失警察手冊的，其實是神谷巡查。

大和田接獲報告後，決定盜走警察手冊隱瞞此事。

這麼做的用意，自然是要保護神谷巡查。

遺失警察手冊是很嚴重的事，會在神谷的警界生涯留下汙點，影響到他未來的升遷。

大和田包庇了自己的部屬。

不對，還有別的。大和田不會因爲這麼單純的動機知法犯法。整件事跟大和田的心境有千絲萬縷的關係。

貝瀨想起大和田說過的話。

令尊是位了不起的人，看來您也成爲跟他一樣優秀的警察了。

大和田的三個兒子各自走上不同的道路。或許，他希望有個兒子繼承自己的衣缽，以父親的操守爲榮，跟隨自己的腳步吧？

可惜這個夢永遠無法實現了，所以他把這個夢託付給神谷，託付給那個剛步入警界生涯的年輕警察。

內心的動搖——犯案動機除此之外，別無其他可能了。

貝瀨還是有些不可置信。

然而，找回來的警察手冊確實只有二十八本，也印證了犯人是大和田無誤。如果只有神谷的警察手冊沒找到，肯定會引起上級關注，因此大和田也銷毀了自己的警察手冊。人們只會懷疑這是對「士官」的挾怨報復，監察官也勘不破當中的玄機。

竊案的眞相，將隨大和田退休而石沉大海——

貝瀨向小菅課長請假，表明要去醫院一趟，交代完便離開本部大樓。

車子開在國道上，就在快要離開市區的時候，口袋裡的手機響了。貝瀨把車子停到路口的加油站。

「老公——爸他沒事，醫生說只是輕微貧血。」

愛子的聲音像歌聲一樣輕柔悅耳。貝瀨都忘了，這才是愛子本來的聲音。

「這樣啊。」

「爸正在睡覺，我到的時候他還醒著。他看到我，還張嘴發出『呀』的聲音呢。」

「喔，那代表他很高興。」

「原來你知道啊？」

「妳也知道？」

「我早就知道了。」

「是嗎……」

「以後我也會來探望爸的，護理師也很好相處呢。」

貝瀨想起了八木茜燦爛的笑容。

他把手機放回口袋，車子開回國道，一腳踩下油門。

——呀。

貝瀨感受著父親的心情，赫然看到一片平靜無波的海景，絲毫不像冬天該有的景象。

逆轉的夏天

1

連續幾天陰雨綿綿，竟毫無預兆轉為豔陽天。午間新聞的播報員，倉促宣告關東地區的梅雨季結束。「野崎禮儀公司」的事務所，也在下午打開今年都還沒開過的空調。

時近黃昏，事務所接到一家特殊安養院的派車要求，那家安養院也算是「老主顧」了。院方表示，一位七十五歲的老人家感冒去世，親屬差不多都到了，遺體的收受手續也全部辦妥，因此需要禮儀公司派靈車運送。至於遺體，可能會運到春日部，那裡是老人家的長子居住的地方。

「我去去就回——」

山本洋司起身走向社長，從衣架上抓了一件深藍色的制服。社長在光亮的額頭上晃著一張院方的註記事項。

其他座位上的同事紛紛抬起頭來，對山本的行徑有些不解。山本中午就已經到八王子跑了一趟，剛剛才回到公司。雖然他才來兩個月，還只是一個菜鳥，但年紀已過四十，跟社長差沒幾歲，何苦像個初入社會的新鮮人一樣，做得這麼辛苦呢？許多同事的眼神，透露出他們的疑惑。

山本將純黑的靈車開出停車場，等車子進入尖峰時段的縣道，才點了一根菸來抽。

除了社長野崎以外，公司裡沒有人知道山本的過去。近年來駭人聽聞的凶案屢見不鮮，沒人會提起十三年前發生在其他都市的殺人案。況且長年來的牢獄生涯，也讓山本的外貌有了極大的變化。

饒是如此，山本還是非常不安。

他盡量不跟同事交談，也拒絕一切酒宴和牌局，連午餐都不跟同事一起吃。他佯裝成熱心工作的人，頻繁離開事務所跑車接單，主要也是怕在閒談過程中，被同事問起那一段空白的經歷。

靈車停到安養院後方以後，山本戴上白色手套，前往地下樓層的太平間。其他同事都不喜歡接安養院的工作，因為容易碰上麻煩。果不其然，死者的長媳對安養院的職員無理取鬧，說什麼也要就地舉辦葬禮。她的說法是，家裡地方小不適合舉辦葬禮，而且事出突然，家中也沒什麼準備。更何況，公公在安養院外又沒朋友。由於長媳不肯退讓，置放於乾冰堆中的蒼白遺體，一直到深夜都還沒決定要運去誰家。

山本在寧靜的昏暗走廊上，等待死者家屬開完家族會議。

他心想，這也太諷刺了。一個曾經犯下殺人罪的傢伙，竟然從事遺體搬運的工作。山本還要裝出比家屬更哀戚的神情，對遺體深深一鞠躬，再莊嚴地運送遺體前往目的地。山本做了兩個多月，業界的規矩也學得差不多了，只是一想到自己成了送行者，沒有一天不覺得自己虛僞。

回到公司後，招牌的燈光也關了，室內空無一人。

這家公司說穿了規模不大，不過就是在民房外再搭一間組合屋當辦公室罷了。員工也不到二十人，社長野崎過去在大型葬儀社幹到運送課長，大約在七年前獲得老東家的支援，開設了這間公司，替老東家承包運送遺體的工作。

「辛苦啦。」

野崎打開客廳的玻璃門，探頭出來打招呼，氣色顯得不錯。

「所以，後來運去誰家啊？」

「死者的二女兒勉爲其難接下了，在上尾。」

山本脫下制服，向野崎說明。

「是喔，那很近啊，不錯嘛。」

山本虛應一聲，伸手拿取架上的運送登記簿。

他會在這裡工作，是一名叫及川的保護司引薦的。野崎一開始聽說他有殺人前科，也不太敢用。後來野崎得知及川是當地銀髮協會的會長，就大膽地提出了交換條件。現在山本也很清楚，這家公司可以搶到好幾家安養院的案子，也是及川老人幫的忙。

且不論檯面下如何運作，至少這對山本是一大幸事。

假釋出獄後，刑務官引薦山本去家具工廠上班，不料才做半個月工廠就倒閉了。不得已只好棲身於更生保護機構，每天打零工過活。如今總算有一份穩定的工作，公司規模雖小，好歹也是正經的差事。犯下殺人案以前，山本也是普通的上班族，後來在監獄裡蹉跎了十多年，好不容易重拾上班族的身分回歸社會，這件事在他心中有很特別的份量。他很感念及川大力相助，野崎社長給了他工作更是無以爲報。不過——

「山本先生，你來了以後，眞是幫了我們不少忙啊。」

野崎說著慣用的客套話，穿上涼鞋來到事務所。他抓了一把鹽往山本手上的制服撒，撒到一半突然停下動作，眨眨眼說：

「對了，差不多在七點的時候，有人打電話找你喔。」

「找我？」

山本一臉不解，野崎搖了搖手，先否定他的猜想：

「啊，不是及川老先生。那個人聲音也挺蒼老，但沒報上姓名就掛斷電話了。」

到底是誰呢？不是及川的話，會是刑警或刑務官嗎？畢竟沒幾個人知道山本上班的地點和電話。

「你沒認識什麼奇怪的人吧？」

山本猛一抬頭想解釋，野崎已經露出了笑容：

「開玩笑的啦，別當眞。唉唷，山本先生，你的表現我每天都看在眼裡，我知道你是個正經人。」

山本也裝不出陪笑的表情，拿著運送登記簿走向自己的位子。野崎追了上來，聲音聽起來還很歡快：

「哎呀，大家都跟我打聽你的事情，我也很頭疼。他們想知道你以前是幹麼的，爲什麼沒成家立業之類的。我是覺得吼，陪同事喝點小酒，培養一點感情比較好啦。」

山本身高一百八十公分，還有殺人的前科。野崎一開始雇用山本，整天擔驚受怕，現在可不一樣了，在山本面前總是一副自信滿滿的態度。不，他自恃有山本的把柄在手，很享受對方乖巧順從的模樣。

戶外依舊悶熱，今晚應該會是入夏第一個熱帶夜。

山本不耐煩地鬆開領帶。

或許是悶熱的關係吧，今晚的煩躁情緒，感覺跟平常不太一樣。

2

從事務所走到公寓不用五分鐘，一樓的五間房都被附近餐廳的員工租走，形同他們的員工宿舍。深夜餐廳關門以後，就會有各種雜音傳到二樓。

山本打開屋內所有的窗戶，順便開了一罐酒來喝。小套房只有三坪大，倒也沒有大家說的那麼狹窄。房裡連個像樣的家具也沒有，更沒有同居的對象，在他看來這房間還太大了。

煩躁的情緒不減反增，如今山本淪爲野崎的玩物，寄人籬下不得不乖乖低頭。否則野崎說出他的祕密，一切就完蛋了。同事一旦知道他的過去，他在那家公司就待不下去了。誰叫他犯的是殺人前科，而且殺的還是女高中生。

犯下殺人罪，等於被宣告再也無法立足於社會。他失去了名聲和工作，被關進高牆中仰望蒼天。悔恨、屈辱、自暴自棄的念頭，多年來折磨他的靈魂。他好懷念那段可以使用自己名片的平凡生活。

山本說服自己，現在這樣就很好了，已經很幸福了。在這家公司熬出頭的話，總有一天還能和靜江——

這時，電話打斷了他的遐想。

山本看了一眼時間，口中嘖嘖罵道，現在都快半夜兩點了，該不會公司找不到今晚的運送值班人員，才打電話來叫人吧？山本喝了酒不能開車，況且明天是他辛苦了一個月才等到的休假日。

好聲好氣地拒絕吧。主意既定，山本接起電話。

「深夜叨擾實在抱歉，請問是山本洋司先生嗎？」

電話傳來陌生男子的嗓音，山本隔了一拍才答話：

「我就是山本……」

「喔，原來您就是山本先生啊，太好了。」

太好了？

「我之前打電話到您公司，可惜您好像不在。」

肯定就是野崎說的那個「聲音蒼老的人」。問題是，這個人究竟是誰？山本答話時提高了戒心：

「不好意思，請問您是哪位？」

「非常抱歉，出於某些原因我無法透露姓名。」

山本疑惑了，腦袋頓時放空。

「我在某家公司也算有頭有臉的人物，現在惹上了大麻煩，真的非常頭疼。所以我有個不情之請，可否請您助我一臂之力呢？」

「要我幫忙……？幫什麼……？」

山本放空的腦袋還沒恢復過來。

「請原諒我的無禮，我詳查了一下您的過去，包括十三年前發生的事情。」

山本大吃一驚，但更驚人的還在後頭。對方哀怨悽楚的嗓音，傳入了他的耳中。

「我想殺一個人。我相信您一定能體會我的心情，所以才打電話給您。」

3

隔天，山本在中午過後前往附近的小鋼珠店。梅雨季似乎真的結束了，要在沒有冷氣的房間躺到下午是不可能了。

山本跟平常一樣，花光兩千元就離開小鋼珠機臺，前往自動販賣機旁的沙發休息。他並不喜歡玩小鋼珠，更何況現在的機臺吃人不吐骨頭，繼續玩下去錢肯定不夠用。在沙發上茫然眺望店內，是他出獄以來打發假日的方式。

他在紙杯裡倒了黑咖啡，昨晚睡不太好，到下午腦袋還是昏沉沉的。他試著不去想昨晚那通電話，但對方的話語始終揮之不去。他將身體靠在沙發上，自暴自棄地放任怒火再次襲上心頭。

那一通殺人委託——山本只當是惡劣的玩笑，不做他想。但開這種玩笑也太過火了，他一把掛斷電話，火氣始終壓不下來。

男子的說法如下。

他是個有頭有臉的人物，現在惹上了麻煩，不知該如何是好。所以決定殺了那個帶來麻煩的傢伙，以求自保。而這件事情，他想交給山本來辦。

太荒謬了。不管從哪個角度來看，這個故事都太不眞實。有誰會去拜託一個素昧平生的對象幫忙殺人？

殺人委託是假，那男子的目的到底是什麼？

一想到這裡，山本被不安的情緒籠罩。難道對方的用意是要威脅他？是不是有人知道山本的前科，打算利用這一點逼他付封口費？

不對……那個男人的語氣聽起來很迫切，絲毫不帶惡意。儘管交談的時間不長，但對方似乎是眞心向山本求助。

若是這樣，那就要回頭考慮一開始的問題了。委託陌生的對象幫忙殺人，這種人的精神狀態太可疑了。

山本點了一根菸來抽，吐出來的煙被空調的冷風吹散了好幾次。

他的心中又有了其他猜想。

光聽那個人的聲音，感覺是一個年老又懦弱的高階主管。沒有膽量殺人，但不殺人又會身敗名裂。想必有什麼把柄在別人手上吧？而且是會名聲掃地的重大把柄，所以也不敢找親朋好友商量。一輩子認眞工作幹到主管，也不認識可以幫忙的道上弟兄。大概自己苦惱了好久，才想出這麼破天荒的方法，拜託素昧平生的對象去殺人吧。

對方只說結論，山本當然會覺得這件事很荒唐。可對當事人來說，也是經過深思熟慮才得出的方法吧？或許就是這麼一回事。

然而，山本又多了一個疑慮。

——爲什麼找我呢？

這才是山本最大的疑問。難不成對方以爲，殺過一個人就不介意多殺幾個嗎？好，就當是這樣好了。委託一個有殺人前科的對象去殺人，本身便是非常荒誕的想法，就算山本不計較這點，有殺人前科的更生人到處都是，何以對方找上自己呢？

其實對話中就有暗示。

「我相信您一定能體會我的心情。」

這句話本身也很莫名其妙。一個下定決心殺人的男子，竟然期待另一個陌生人理解自己的心情。

山本差點就要笑了，但他笑不出來。

——爲什麼他說，我一定能理解他的心情……？

想著想著，一股寒意竄上背脊。

您一定能體會我的心情。這句話反過來想，意思是男子也理解山本動手殺人的苦衷，應該是這樣沒錯吧。男子還說了，他詳查過山本犯案的始末。或許在調查的過程中，男子從山本身上看到了自己的處境，因此能夠理解山本逞凶殺人的心態。當然，對方並沒有明說，但他對山本的罪行有種同情或共鳴，至少是正面的情感吧。

刺鼻的香水味，打斷了山本漸入佳境的思緒。一個年約三十五歲的女子，晃著豐滿肉感的臀部坐到一旁的沙發上，常客都叫她「貴美子」。看她噘著嘴唇，好像輸了不少。充血的雙眼死命想看出機臺運行的門道，根本不理會山本。聽說，她輸錢的日子會找大賺一筆的男客共度春宵。微張的朱唇令人聯想到女性的陰部。

山本有一股反胃的感覺。他粗魯地捻熄香菸，從沙發上站起來。

電話中的男子，想必也是栽在女人手上吧……

戶外悶熱難耐，高溫的柏油路熱氣蒸騰。走在柏油路上的行人，表情都很確信今夏肯定酷熱無比。

山本前往對面的咖啡廳吹冷氣。

一推開咖啡廳的門，山本剛好和娃娃臉的服務生對上眼。那一瞬間，他想起了那把多年來極力遺忘的紅傘。

4

那件凶殺案——發生在三十歲的夏天。當時山本在一家小有名氣的製藥公司上班，負責去各家診所跑業務。他口才不錯，吃喝玩樂也難不倒他，招待那些醫生是件輕鬆的差事。他也不忘買一些知名糕餅店的點心，去巴結診所的護理師和行政人員。到後來還娶了一名行政人員當老婆，顯見他在每家診所的風評都不錯。

上司十分器重山本，他也相信自己的表現鶴立雞群。就在人生一帆風順之際，他遇到了那個女人。

同樣是夏天……那一年的夏天也很炎熱。

那天，某家醫院的老院長拜託他當司機。老院長和相好的酒店小姐約好，要開賓士載她上班。然而，老院長一把年紀了，對開車技術沒信心，所以拜託山本代駕。晚上七點過後，山本將二人送到浦和的酒店，本來打算立刻回店內會合。不巧的是，附近的停車場都客滿了。開著大而無當的賓士車，山本抽菸緩解不耐。正好菸也抽完，便四處尋找有沒有自動販賣機。

當他在國道對面看到自動販賣機時，下起了雨。他把賓士停在路邊，一咬牙直接衝過國道，雨勢也瞬間轉強。他躲在販賣機小小的遮雨棚下，抬頭仰望天上的烏雲，思考接下來該怎麼辦。照理說應該只是短暫陣雨，躲一下等雨停也就是了，但停在路邊的賓士，已經阻礙了這一帶的交通。

遠處還看得到警車閃著紅燈，山本做好淋濕的心理準備。就在他要動身時，紅色的雨傘遮住了他的視野。

「要進來躲雨嗎？」

一名年輕女子來到山本的旁邊，臉上的笑容不太自然。女子有一張瓜子臉和水靈的圓眼睛，沒化什麼妝，或許只塗了一點口紅吧。瞧她拎著一個大紙袋，紙袋上印有橫式的字樣，看年紀才十八、九歲吧。

車子就在不遠的地方，所以山本一開始婉拒了。女子擔心他淋濕，說要送他去取車，雨傘也遞了上來。山本接受了對方的好意，有傘可用確實比較方便，拒絕人家的好意也怪可惜的。

可是，二人又不能一起撐傘衝過國道，於是就先繞到附近的號誌路口。山本發現女子伸長手臂撐傘有些吃力，便主動接過雨傘。大手一揚，剛好把女子納入懷中，感覺眞不錯。

「妳是大學生嗎？」「看起來像嗎？」「不是啊？」「差不多。」「不會是模特兒吧？」「呵呵，我確實想當。」

一路上他們閒聊了幾句。山本打開賓士車門，以道謝的名義邀請女子去喝杯茶。要說他完全沒有非分之想，那當然是騙人的，但他也不是眞的想對女子幹麼。首先，對方不像會隨便跟男人走的輕浮女子，同時理性也在告訴他，差不多該去酒店赴會了。

女子的反應模稜兩可，她害羞地低頭不說話，眼神卻嬌媚地瞅著山本不放。大概就是從那一刻開始，山本的心態產生了危險的變化。他相信只要再強硬一點，便可手到擒來。心中的火苗，就這樣被點燃了。

山本拉起女子的手，要她上車別廢話。動作強硬到連他自己都驚訝。

女子眞的跟山本上了車，他的一顆心反而靜不下來。一種從未有過的青澀情緒，在山本心中躍動。這次邂逅對他有利，男方只是在等雨停，是女方主動靠上來的。女方看到男方被雨勢困住，主動遞上了雨傘。這對女方來說可能只是舉手之勞，但至少她對男方沒有生理上的嫌惡感吧？不然又豈會主動遞上雨傘？

女子的好意刺激了山本潛藏的欲望。他知道自己的長相不受青睞，從學生時代就乖乖認命了。邁入而立之年這件事，也讓他誤以爲這次邂逅有什麼特別的意義。山本過去一直認爲，自己是跟戀愛無緣的人。

他緩緩開著賓士，問女子有沒有想去的店家。女子說去哪都好，臉上沒有不安的神情，似乎很享受雨中的浪漫兜風。這種反應讓山本的自信徹底膨脹，他眞的開始相信，女子對他很有好感，願意跟他去任何地方。

山本偷瞄副駕駛座，置物箱下方有一雙修長又肉感的美腿。被雨淋濕的無袖襯衫，隱約可見內衣細緻的花樣，香肩也發出動人嫵媚的光澤。征服的欲望逐漸沸騰，第二次火苗竄上心頭時，夾雜著強烈的欲望。

山本決定不去酒店了，反正院長跟酒店小姐快活著呢，事後再找藉口解釋就好。靜江的容顏在他腦海中一閃而過，他想到的不是愧疚，而是妻子回船橋的老家待產，正好是偷吃的大好機會。

賓士開往市區，他記得前方不遠處有賓館的招牌。

山本在心中替自己找藉口，是她找上我的。他急打方向盤，車子開進賓館車道的彩色簾幕當中。女子略微一驚，倒也沒說什麼。她默默跟著山本進房間，裝出不情願的表情，眼神卻毫無怒意。聊著聊著，女子笑逐顏開，也放鬆下來。她主動脫下衣服洗澡，關掉房間的電燈後爬上了床。

這一切來得太容易，反而有些興味索然。不過，山本大概是太得意了，小小的自戀昇華成堅定的自信，他只顧享受眼前的青春肉體，根本沒懷疑事情為何如此順利。

事後二人回到車上，在車子開往市區的時候，女子的態度有了一百八十度的轉變。不，一開始女子用靦腆的語氣，請求山本資助少許的金錢。山本問她要錢做什麼，她說朋友不小心懷孕，需要錢墮胎。山本冷淡地拒絕了，墮胎的錢去找渣男要啊。對方則回答，再拖下去萬一被學校發現，肯定會被退學。

聽到學校和退學這兩個字，山本心中有不好的預感——他趕緊將車子調頭，開到一塊看似工地的地方。隨後女子打開手上的袋子，裡面有制服和學生手冊。原來女子才十六歲，高中二年級。

這下山本是眞的慌了。他以沙啞的語氣，詢問對方要多少錢才夠。女子一臉賊笑，開口就討十萬元。山本悍然拒絕，卻換來意想不到的滑頭要脅。

「大叔，你以爲女高中生能上免錢的喔？看你挺有錢的嘛，還開賓士到處晃。」

山本大吃一驚，總算想通了。原來女子不是偶然路過，也不是好心幫忙撐傘，而是看他開賓士買菸，才刻意盯上他的。

朋友懷孕要錢的理由肯定也是假的。這女的打從一開始，就想找一頭肥羊賣淫。

女子亮出山本的名片晃了幾下，應該是趁他不注意時扒走的。

「你不肯贊助我的話，我就打電話到你公司去鬧，再打給你老婆喔。告訴你，我身邊可是有很多狠角色。」

山本顫抖地打開錢包，心境如墜冰窖。付了開房間的錢以後，裡面只剩下兩萬多元。他遞出僅有的錢，問這樣夠不夠，女子竟然發飆。山本表明自己眞的沒錢，對方卻不肯聽他解釋。

「媽的身上只帶這點錢，你還敢跟女高中生上床喔！」

女子發狂似地甩著頭髮，尋找置物箱裡有沒有值錢的東西。

山本也火了，被一個小女孩玩弄於股掌，他完全不認爲自己有錯。一開始聽到對方是女高中生的時候，他確實怕了。但女方設局騙人，是她有錯在先吧？

山本拿起座位上的學生手冊。

「妳少說我，妳也不想被學校和家人知道妳在賣吧？」

女子發出尖叫聲，作勢要搶回學生手冊。但她知道自己力氣比不過男人，乾脆擺出死豬不怕滾水燙的態度：

「好啊，你去講啊。學校和父母我管他們去死。」

女子淚汪汪地瞪了山本一眼，還放話叫他小心一點，說完就跑出車外了，手上還抓著山本的名片。

山本茫然目送女子離去，心膽俱裂的感覺越來越強烈。女子跑向路邊的電話亭，看樣子是真的要打電話到公司，拚個魚死網破了。

死到臨頭，他才想起自己的老婆，還有公司的主管和其他同事。

山本也衝出車外，在一片黑燈瞎火中，連滾帶爬追了上去。方才下雨凝聚的水窪，濺起了大量水花。女子發現山本追了上來，加快腳步往前跑。山本窮追不捨，就在快要追到的那一刻不小心絆了一下。感覺好像快要斷氣了，女子的背影逐漸奔向電話亭的燈光。山本奮起餘力猛衝，一直線衝向對方。女子伸出雙手衝撞電話亭的玻璃門，玻璃門沒有打開，整個人被頂了回來。

噗滋一聲，紅傘的尖頭刺進女子的背部，女子貼在玻璃窗上，隨後翻身倒地。鮮紅的血液飛濺到玻璃門上。

山本的手上握著雨傘的把柄。他衝出車外的時候，手上還抓著對方的雨傘。後來的事情他記不太清楚。事發的過程非常鮮明，卻很沒眞實感。所有稱得上感情的反應，和烙印在眼底的記憶對不上來。

尖銳的叫聲劃破黑暗的寂靜，聽起來彷彿負隅頑抗的野獸暴怒嘶吼。女子呲牙咧嘴，放聲大喊救命，雙腳也沒忘了逃命。山本追上去抓住她的手臂，兩人扭成一團摔倒在地，在泥水中滾了好幾圈。山本沒命地抓住一切能抓的東西，包括女子的腳踝、衣服，還有身上薄薄一層皮肉，以及纖細的頸項。女子甩開箝制，仍不放棄逃跑。叫罵和嘶吼聲不斷撼動著山本的耳膜。

現在回想起來，他只是想要阻止那個女的尖叫吧，他害怕有人聽到求救呼號的聲音。也不對，或許他只是要讓那麻煩的生物斷氣罷了。

山本鍥而不捨地追上去，一把抓住對方的後頸，將人摔倒在地。女子不停尖叫，他又騎上去，用雙手緊緊摀住女子的嘴巴，把她的臉壓到變形。女子奮力掙扎，指甲用力摳抓山本的顏面，氣得他往女子臉上痛毆好幾拳。最後山本掐住對方脖子，上面沾滿滑溜的泥水和鮮血。他也顧不了那麼多，使勁掐緊，還用力上下搖晃，把所有能用的力氣都用上了。女子的眼睛幾乎要脫窗，圓潤的瞳仁往上一翻，散盡了最後一絲可愛的生機。

然後一切結束了。

他們相遇才三小時，女子死於非命，山本則成了殺人犯。

5

咖啡廳的客人換了幾批，山本身旁沒有人說話的聲音。

女子翻了白眼以後，山本的記憶就中斷了。等他下一次回過神來，人已經在警方的偵訊室裡。刑警告訴他女子死了，那聲音聽起來好遙遠。

山本一顆心都碎了，眼淚也流不出來。刑警問什麼他就答什麼，他原原本本交代事發的經過，也沒思考怎樣講對自己有利。

深夜警方召開了記者會。

嫌犯山本洋司對好心幫忙的女高中生起了歹念，強押對方坐上借來的高級轎車，載往賓館發生性關係。事後，女高中生不甘受辱，打算通報嫌犯的上司和家屬。嫌犯為求自保，決意殺害女高中生。他先用雨傘前端的金屬部位刺傷對方，之後不顧女高中生痛苦掙扎，活活掐死對方。

各大報沿用警方公布的新聞稿，甚至還有體育報報導這起凶案，還配上斗大的標題寫道「畜生的行徑」。這份報導後來左右了整起事件的發展。

警方的記者會完全沒提到女高中生賣春的企圖，眞相只存在於山本的供述中。警方恐怕也不敢公開未成年人的違法行徑吧。

而且事情發生在十三年前，那時候的社會狀況跟現在不一樣，辣妹或援助交際之類的字眼並不流行。表面上，高中學生還不在性產業的供應鏈裡面，社會也希望她只是單純的被害者。

檢察官和法院也受到這種風氣的影響。

檢察官的起訴狀中，完全沒提到女高中生賣春的事情，只有稍微提到女高中生要錢。只不過，檢察官也相信女高中生的說法，認定那是要籌措朋友的墮胎費用。

公設辯護人也受到輿論的影響，認為強調女高中生有錯在先，反而會給法官留下不好的印象。因此，決定以「過失犯罪」的說法爭取減刑。

公設辯護人的說法如下。被告沒有明確的殺人意圖。照常理推斷，沒有人會認爲雨傘尖端捅得死人。是故，被告不認爲雨傘是凶器，甚至也沒注意到自己手握雨傘。被告拿著雨傘刺向被害人，是爲了阻止被害人逃跑所做出的情急反應。雨傘頂多是手部的延伸，被告無意刺傷被害人，也不認爲自己會刺傷被害人。至於被告掐住被害人的脖子，純粹是雨傘不小心刺傷被害人以後，鮮血和尖叫聲令他一時慌亂，才造成這樣的結果。可以說，被告處於心神恍惚的狀態，不具備判斷善惡的能力。

可惜公設辯護人的戰略不奏效，法官審理一向對被告不利。被告色欲薰心和女高中生發生性關係，而且爲了自保還動手殺人，法庭上充斥著要嚴懲被告的氣息。檢方掌握了整場官司的主導權，甚至還傳喚女高中生的父親當證人，對被告做出致命的一擊。

站上證人臺的父親，神情憔悴到令人不忍卒睹。他痛哭流涕說著女兒生前是個什麼樣的孩子。我女兒很孝順父母，夢想是到美國留學，她是我唯一的心肝寶貝——最後，女兒的父親還指著山本，懇請庭上判死。法庭內迴盪著悲痛欲絕的尖叫聲，也決定了判決結果。

一審判決有期徒刑十二年，法官同意檢方的求刑力度，絲毫沒有酌情量刑。公設辯護人呼籲山本上訴，山本並沒有首肯。

他既絕望又懊悔，一想到自己竟動手殺人，他的理智幾乎要崩潰。眞希望法官按照那個父親的要求，直接判死算了，這樣不知該有多輕鬆。這種自罰的念頭在心中無限膨脹。

不過，山本自問，眞的只有這樣而已嗎？

他點了一根菸，望著店外日暮西山的光景。

眞的只有懺悔的心情嗎？

不……

山本痛恨那個女子，恨到想再殺她一遍。

我何錯之有？是那個臭婆娘先設計我的，她要是乖乖收下那兩萬元下車，又豈會發生後面的悲劇？我失去了家庭和社會地位，人生也被搞得亂七八糟，我才是被害者吧？

山本的內心深處，埋藏著這樣的想法。

媒體和司法徹底否定了他的人格，害他連正視內心的力氣都沒了。可是，怨懟的念頭確實存在，而且一直都在。山本從沒懷疑過自己是被害者，在凶案發生後，在審理案件和服刑的過程中，這個念頭始終留存於心底。

那個陌生男子的電話，喚醒了塵封已久的情緒。

山本離開咖啡廳。

他去便利商店買了便當和香菸，回到公寓後坐在電話前等待。他想問一下那個人，是否真的明白他的心境。

電話並沒有響。

果然還是惡作劇電話吧……？不，也許對方被掛電話，死心去找其他人幫忙了吧？男人作奸犯科，說穿了都跟金錢或女人有關。如果對方要尋找一個同病相憐的對象，去執行殺人委託，那麼候補人選多到數都數不完。

轉念及此，山本突然失去了好奇心。就算男子說出令他滿意的答意，也改變不了什麼。殺人的前科不會消失，明天去職場上班仍要承受莫大的壓力。

十點過後，就在他打算就寢時電話響了，這次電話傳來的是熟悉的蒼老聲。是保護司及川打來的，及川說有件事要找他談，這幾天來就好，不用急。聽及川的口吻，他猜出大概是跟靜江有關。

陌生男子倒是沒打電話來。

山本不再去想陌生男子，他所有心思都放在靜江身上，還有那個他從未見過、也不知其名的兒子。

6

隔天早上，山本趁上班前先到及川家一趟。

及川輕撫一頭白髮，來到玄關應門。及川年近八十，身子卻很硬朗，頭腦也十分清醒。山本一大早來他也不驚訝，跟平常一樣從容以待。

及川怕耽誤到山本上班的時間，直接在玄關談起正事。果不其然，是關係到靜江還有兒子的事。

「之前跟你說過，令郎今年春天上中學了對吧？」

「是。」

「其實呢，令郎念的是私立學校。」

私立學校不僅學費昂貴，還有各式各樣驚人的開銷。靜江賣保險多少有一些收入，但她還要照顧年邁的父母，日子過得很拮据。聽說現在山本有了穩定的工作，因此靜江希望山本多匯一點錢過去。

「我明白了。請告訴她，我一定盡力。」

語畢，山本離開及川家。他發現自己的聲音有些雀躍。

因爲那件案子，靜江承受了最殘酷的打擊。

一個女人在生產前夕，得知丈夫犯下了殺人的滔天大罪。丈夫本該抱著字典替孩子想個好名字，豈料竟趁她回娘家的時候，跟女高中生大搞外遇，而且還動手殺人。媒體把丈夫寫成了豬狗不如的畜牲，兩人第一個愛的結晶在漫天謾罵中誕生。

山本被逮捕後，靜江一次也沒去探望他。過了半個月，靜江透過律師轉送離婚申請書。聽說，靜江一刻也不想讓孩子冠上殺人犯的姓氏，所以才急著辦離婚手續。就連生下來的孩子是男是女，也沒告訴山本。

靜江拒絕以證人身分作爲證人出庭，辯護律師趕忙去說服靜江，無奈只得到兩行書面文字。

「他曾經是一個好丈夫，我不敢相信他會做出這種事。」

服刑期間，靜江也沒有去探望他。山本寄出的信從來沒得到回覆，他猜想靜江應該回船橋老家了。一個女人要扶養殺人犯的小孩，日子該怎麼過下去呢？每次想到這件事，他就夜不能寐。

山本坐牢的時候，是及川帶給他靜江的消息。

差不多在服完九年刑期後，山本突然收到一個陌生老人的來信，起初也是一頭霧水。老人寫道，他和山本去世的父親，都是西伯利亞勞改營的倖存者。前些日子，一群倖存者舉辦聚會，他才輾轉得知山本闖下的大禍。老人還說，山本的父親對他有恩，所以他想幫故人的孩子一把。他歡迎山本出獄後去找他，他有保護司的身分，山本沒人可依靠的話，可以指定他做保證人。幾次筆談後，及川還去獄中探望山本。

山本很感謝及川，父母都去世了，妻子也在他犯案後跑了，他早已舉目無親。及川在這時候出現，他眞心認爲對方是上帝派來的使者。

山本只能依靠及川，拜託他打聽靜江的消息。過了一陣子，及川來探望山本，表示他已經見過靜江了。只是礙於約定，不能說出靜江的住所和孩子的姓名。唯一能說的是，孩子是男孩，而且健康平安。

山本當場痛哭失聲。

從那之後，山本就滿心企盼出獄的日子到來。剛開始入獄服刑的時候，他有強烈的不適應現象，經常做出頂撞獄警的受罰行爲。因此，假釋也一再被延後。後來，山本下定決心當模範受刑人，盡快離開監獄。

兩年後，山本總算獲得假釋資格了。他先到更生設施安頓下來，打一點零工。接著去拜訪及川，希望可以匯點錢給靜江。當然，山本其實是想當面向靜江道歉，無奈靜江不需要他的道歉。那麼，至少要提供生活上的補助，表達一下補償的心意。畢竟，他們之間還有一個血脈相連的兒子。

據說，靜江直接拒絕了援助的提議。是及川好言相勸，要她替孩子的未來著想，她才終於接受。

不過，就連經濟上的援助，也得採用迂迴曲折的方式進行。山本要先送錢給及川，再由及川匯到靜江的戶頭。這一點靜江非常堅持，不允許一切接觸的可能。或許這就是靜江的報復吧，山本害他們母子倆過得水深火熱，所以她只讓山本送錢，卻不給一絲接觸機會。

饒是如此，山本仍覺得自己找到了生存的意義。他省吃儉用打零工，每個月盡可能匯個五萬塊到十萬塊。他無從得知靜江的反應，但這段婚姻是他一手破壞的，本就該一個人默默地償罪。

山本和靜江一起生活了四年，老實說對靜江的感情也不算深厚。靜江本來在醫院從事文書工作，山本是去跑業務才認識她的。有一次山本抱著玩玩的心態，邀她去喝兩杯，喝醉了還去她家過夜。後來二人的關係日漸深厚，靜江的同事也當起媒人婆，要他們盡快修成正果。這段發生在職場上的感情，也不能說反悔就反悔。反正靜江是個顧家的好女人，自己的年紀也該定下來了。山本用這些話說服自己，總算下定決心結婚。

凶案發生後，山本失去了靜江，卻也沒有領略到對妻子的愛。對他來說，所有媒體都把他打成豬狗不如的畜生，靜江是唯一知道他眞實樣貌的人。因此，他很懷念有靜江相伴的家庭，那也是他一心想回去的歸宿。

可是山本知道，再也回不去了。知道歸知道，他還是斬不斷那些不切實際的幻想。「他曾經是一個好丈夫。」——當初法庭上的人聽到這句話，無不嗤之以鼻，但這句話成了山本的依靠。

他肯在這間公司硬著頭皮幹下去，也不光是爲了自己。有一份穩定的工作很重要，萬一日後靜江願意回頭，好歹要有一個能在社會上立足的普通身分。這樣的念頭，才是支持他撐下去的動力。

而今，靜江得知山本有了穩定的工作以後，要求他多匯一點錢。山本聽了好高興，就算只是很現實的要求，也讓他們的關係多了一分形體，強化了這段隨時可能斷絕的緣分。總算有了小小的進展，各種積極正面的話語，不斷在他腦海中浮現。

山本在趕往公司的路上，順便計算金錢分配。薪水多少是野崎說了算，山本的薪水連二十萬元都不到，但每運一具遺體有一千元的津貼。山本害怕同事打聽自己的過去，整天都在外面運送遺體，上個月賺到三十萬元以上的收入。他已經扣下十萬元要給靜江，再省吃儉用一點的話，應該能再加五萬元。

下班後，山本去銀行的自動櫃員機，連忙領出要多給靜江的五萬元。可是，交易明細表上的存款餘額不太對勁，餘額好像比印象中的還多。

山本去櫃檯申請儲匯紀錄，有陌生人匯十萬元給他。

「KASAI SYOUJI」

山本直覺認定，是電話中的那個男子匯來的。

7

當天夜晚，山本一直守在電話前面。

「KASAI SYOUJI」……SYOUJI可以是人名，或公司之意（這段日文拼音轉換成漢字，可能是葛西正二，或葛西商事）。總之肯定是虛構的名字。山本確信，對方錢都匯過來了，一定會再打來。

不出所料，晚上十一點過後葛西真的打來了。

「昨晚是我失禮了——」

山本打斷對方，劈頭就是一連串的質問：

「你到底是什麼意思？你做這種事我很困擾。告訴我，要怎麼把錢還你？」

「請您收下吧，拜託了。」

山本聽了，一把火飆上心頭：

「你也太無禮了吧？拜託一個陌生人替你殺人，還擅自匯錢過來——還有，你到底是誰啊？」

「這我說過了……沒法告訴您。」

「為什麼？」

「這樣犯罪才毫無破綻。」

山本叫對方少說渾話，氣得一把掛斷電話。

他粗魯地打開酒，一口氣喝光了三分之一。靜江的要求難得帶給他好心情，這下全被那陌生男子給毀了。陌生男子非但沒有氣餒，還用一副認眞的口吻，說要做到天衣無縫的犯罪，而且絲毫不肯透露自己的身分。更何況，哪有人擅自匯錢到別人戶頭的？難不成那傢伙以為這是殺人的預付款嗎？

山本頗為懊惱。剛才一時衝動掛斷電話，忘了問對方怎麼還錢。

他在地板上躺成大字形。

——乾脆捐出去算了……

認眞思考這件事實在太蠢，乾脆忘了吧。想是這樣想，但在他打開第二罐酒，醉得差不多的時候，腦子裡響起了昨晚的疑問。為什麼那個人要拜託他殺人？昨晚，山本好想知道對方眞正的意圖，剛才有機會卻忘了問清楚。早知道就不該馬上掛電話，區區十萬塊就想買凶殺人，哪有這麼便宜的事？聽聽對方說法倒是無妨。

這時電話剛好響了，彷彿看穿山本的想法。

「您生氣是理所當然的，但請您多包涵。除了您以外，我眞的沒人好找。」

山本勸自己冷靜下來。他謹愼斟酌遣詞用字，不讓男子有多餘的期待，同時表明願意聽聽對方的說法。

「眞的嗎？您眞的願意聽我說？」

山本趕緊解釋：

「我沒打算接受你的委託。我只是聽你講，沒問題吧？」

「沒問題，謝謝您，眞的非常謝謝您。」

山本的腦海中，浮現男子在另一頭鞠躬道謝的景象。山本有一種想笑的感覺，大概是眞的喝醉了吧。他一直以爲沒人比他更落魄，沒想到現在有個傢伙身段放得比他還低，看來比他慘的大有人在。

「說來慚愧……」

葛西的故事，和山本料想的相去不遠。

他說自己利用電話交友認識一名年輕女子，跟對方援助交際。二人多次到賓館性交，他卻絲毫沒察覺到有偷拍器材。過了一陣子他們相約碰面，現場卻冒出一名中年男子，還亮出女子的學生手冊。原來女子才高中三年級，十七歲。中年男子拿出偷拍錄影帶，表明錄影帶總共拷貝了十卷，要他先拿一百萬買回其中一卷。

故事聽到後來，山本也笑不出來了。

他在談話性節目看過類似的情節。製作組採訪匿名的女高中生，女高中生囂張地說，那些中年男子性能力不好，但非常有錢，跟他們援交特別輕鬆。

「都一把年紀了還沉迷女色，現在想想眞是丟人。因爲除了老婆以外，我沒跟其他女性交往過……」

雖說是自作自受，處境還是令人同情。老實說，葛西想殺掉那個女子的心情，山本完全可以理解。理解歸理解，山本也幫不了什麼忙。

「我建議你去找警察。」

「對方說只要我報警，他就要把錄影帶寄給我的同事和親戚。那種東西被人看到……我就沒臉活下去了。」

葛西講到快哭了：

「再這樣下去，我一輩子都毀了。唯一的辦法，就是殺了那個男的。」

殺了男的……？山本不解地歪著頭：

「你只殺男的？」

「當然我也恨那個女的，但兩個人都殺的話，被抓的風險也會大增。女方得知男方被殺，應該也不敢再找我吧。」

「萬一那女的去找警察，你就是頭號嫌犯了吧？」

「女的也是恐嚇的共犯，明知自己也有被抓的風險，她不會報警吧。」

「人家可能會匿名報警啊。」

「所以我才來拜託您。您犯案的那段時間，我會有確切的不在場證明。」

山本暗自心驚，他原以爲葛西弱小又懦弱，才用買凶殺人的手法。但事實不然，這傢伙是要替自己安排不在場證明，才假他人之手。

聽這人說話的聲音，感覺是厚道的人，但山本似乎見識到對方冷酷又深沉的一面。

山本重拾戒心，他發現自己沉浸在對方的故事中，不小心聽到製造不在場證明的方法。那可是殺人計畫，是時候結束這場對話了。

不過，有件事他得問個明白：

「我要請教你一件事，爲何你改變心意，把自己的故事告訴我？」

「因爲我讀了您的偵訊筆錄。」

「偵訊筆錄……？」

「是的，其實我親戚跟警察有點關係，有辦法閱覽偵訊筆錄。看了筆錄我很驚訝，內容跟新聞媒體報導的完全不一樣。我讀了好多遍，深信您的說詞才是眞相。您確實殺了人，但我認爲您才是被害者，您一定很不甘心吧——」

山本聽到這段話，全身上下有種飄飄然的快感。對方說中他最深層的渴望。

「當我自己遇上這種事，就想起了您的遭遇。相信您一定能體諒我的痛苦和不甘。因此我聘請私家偵探，尋找您的下落。拜託了，請答應我的請求吧。」

——得了吧……

山本的情緒瞬間跌回谷底。這太可怕了，兩個素昧平生的人，竟然了解彼此的心情。而且這不是單純的聊故事，他們談的是要不要殺人的問題。

山本決定找藉口開脫：

「既然你親戚是警察，你去找那個人商量吧。」

「做得到我也不用煩惱了……」

「總之我不會幫你，請你死心吧。我要掛電話了。」

山本不願刺激對方，語氣盡可能保持平靜。不料，葛西突然激動起來：

「求您了！這是天衣無縫的犯罪計畫，您絕對不會被抓的。酬勞我會盡量多付，所以拜託您——」

第三次通話，同樣是山本直接掛斷收場。

他拔掉電話線，關掉房裡的電燈，在身上蓋了一條小被單。

狂飆的心跳花了好一段時間才平靜下來。山本在半夢半醒之間替葛西祈禱，希望他能找到別的對象完成殺人計畫。

8

講完最後那通電話的四天後，山本發現對方又匯了三十萬元進來。

那一天剛好是第三次領薪水的日子，他趁午休去銀行，想要趕快領錢寄給靜江。他沒用提款卡，而是選擇臨櫃提款，或許是有某種預感的關係吧。

戶頭又多三十萬元，膽寒的感覺遠大於驚訝。加上前面那筆十萬元，總共是四十萬元。山本忘記在電話中問出還錢的方法，這給他一種愧疚的感覺，彷彿自己已是共犯。

山本告誡自己不能用到那筆錢。他領了十五萬元出來，去見及川老人。

及川不在家。正當山本打算改天再來的時候，及川提著便利商店的塑膠袋，悠哉地走回來了。及川也是一個人生活，山本並沒有過問原因。想來及川的飲食生活，跟他也差不了多少。

及川家的客廳沒有冷氣和電風扇，但中庭的風很涼爽。

及川舔著手指，細數山本遞上的鈔票。他抬起頭看著山本，表情有些擔憂：

「你給這麼多，生活沒問題嗎？」

「是，這點錢我還有辦法。」

「經濟援助要持續下去才有意義。你自己先撐不下去的話，那就本末倒置了啊。」

「我明白。」

山本離開客廳，及川在他後方說道：

「靜江小姐她很高興喔。」

山本訝異地回過頭來。

「你不是多給了五萬元嗎？我匯給她以後，她很快就打電話來表示感謝呢。」

山本踏著輕快的步伐回公司。

靜江打電話表示感謝，應該是在感謝及川吧，畢竟是他促成這件事的。不過，眞的只是這樣嗎？靜江心底是不是想透過及川，向山本表達感謝之意呢？

一想到這裡，山本的胃口又更大了。他盤算著，自己也許能再多給兩、三萬元。香菸或酒少買一點，還是攢得出這筆錢吧。

山本想起了葛西匯來的錢，總共四十萬元。那四十萬元統統拿給靜江，不曉得她會多開心。搞不好還會表示感謝吧？而且，這次不見得是透過及川表達謝意。

葛西沒再打電話來，彷彿在等待山本醞釀這種危險的情緒。

9

七月的最後一個禮拜，氣溫高到難以忍耐。連續幾個豔陽天和悶熱的夜晚，電視臺的天氣預報員，也接連報出新的高溫紀錄。

當天夜晚，山本推不掉野崎社長的盛情邀約，只好跟著去居酒屋喝兩杯。山本會一反常態參加酒會，大概是心中一直忘不掉那句感謝帶來的快樂吧。

受邀參加的還有三個年輕的業務，以及一個叫佐佐木好子的會計。野崎私下告訴山本，安排這場酒會是要替他聯繫感情，但光看野崎色瞇瞇地盯著好子，不難想像他辦這場酒會別有用心。

好子已經快三十歲了，長著一張可愛的圓臉，身材也有些肉感。她本人也很在意體態，平日準備的便當跟幼稚園小朋友的一樣小。山本今天才知道好子還沒結婚。

野崎叫好子坐到身旁，不斷對她誇誇其談。山本很慶幸話題沒有帶到他身上，但幾個年輕職員似乎聽不下去，紛紛找藉口離開。過沒多久，好子也要走了，野崎仰望好子的腰身和豐滿的胸部，希望她再多留一會，但好子很乾脆地拒絕了。

「唉，也罷。」

現場只剩下山本相伴，野崎反倒顯得很放鬆：

「對了，山本先生，你聽說了嗎？及川老先生被拱出來選市議員喔。」

山本停下手中的筷子。

聽野崎的說法，在這一帶經營許久的保守派議員心臟病發，住院治療。因此，臨時要找一個有勝算的人出來參選。及川年事已高，但頗有人望，而且又擔任銀髮協會的會長，有望奪得一定的票數。

「不過啊，這一帶是激戰區對吧？」

野崎從口袋拿出一張對折的紙，偷偷在桌邊攤開。

「你們要讓卑鄙的及川當上議員?!」

那是用文書處理器打出來的黑函，上面密密麻麻的，都在說及川的壞話。

山本嗤之以鼻，但「西伯利亞拘留」這幾個字吸引了他的目光。紙上記載了某位老兵的證詞，那位老兵的階級是一兵，曾跟及川一同待在西伯利亞的勞改營。

上面寫道，及川為了博得蘇聯軍官的歡心，出賣了自己的夥伴。及川比其他俘虜拿到更多的麵包，也不用在零下四十度的低溫中辛苦勞動。打出這封黑函的人，用仇恨性的字眼敘述這些內容。

山本看得半信半疑。

已經去世的父親說過，確實有這種賣友求榮的俘虜。可是，父親只不過跟及川待過同一間勞改營，及川便好心關照故人的兒子。不僅如此，及川多次去監獄探望山本，還幫忙聯絡靜江，甚至提供工作機會。這樣一個大好人，不會賣友求榮的。

山本低頭再看黑函，發現了一個意外的內容。根據黑函中一兵的證詞，及川是在哈巴羅夫斯克勞改營犯下那些惡行的。這點錯了，山本的父親和及川，過去待在西伯利亞西面的斯維爾德洛夫斯克勞改營。

「上面的內容根本是胡扯。」

山本罵完後，野崎也一鼻孔出氣，跟著否定黑函的內容。如果這份黑函罵的是陌生的候選人，野崎大概只會當酒席的談資。然而，全賴及川一句話，他的公司就吃下了安養中心的運送業務，業績大漲近三成。

二人意外有了共通的話題，酒也喝了不少。後來他們換一家酒館續攤的時候，野崎的態度有了奇怪的轉變。

「媽的，好子那婆娘。」

果然，野崎本來打算今晚和好子更進一步。

「山本先生，你從剛才就一直點頭附和，到底有沒有認眞聽我說話啊？」

「有啊，我有認眞聽。」

「那你說，你覺得好子怎麼樣？」

「人不錯，很有魅力。」

野崎竊笑道：

「山本先生，其實我挺羨慕你的。」

「咦？」

「你有那個膽子，去幹你想幹的事。」

山本全身都僵住了：

「……您指什麼？」

野崎露出猥瑣的笑容：

「其實你做的那些事情，大家都有想過啦。每個人都有想幹的女人，也有想殺的對象。只是，一般人不會眞的去做，就算想做也不敢做。大家都怕老婆，也捨不得兒女。所以正常人都不敢亂來。」

坐在一旁陪酒的小姐，沒把這些話當眞。如果她知道這個醉鬼講的都是實話，一定會嚇得花容失色吧。

山本的直覺很敏銳，他知道自己在野崎手下幹不了多久。野崎早晚會跟其他同事說出他的過去，他已經能想像到那個未來了。想不到自己的命運，竟然被野崎這種人掌握住，一個膽小又自戀、沒料又愛亂講話的小人。

山本握緊拳頭，羞怒交加，情緒一發不可收拾。

他在酒杯中看到靜江的倒影。靜江也在場的話，她會怎麼想呢？看到自己以前的丈夫成爲這種小人的奴隸，靜江會叫山本繼續屈膝工作，匯錢給她嗎？還是她會覺得，山本受到的對待，跟她吃過的苦頭比根本不算什麼？

野崎用力搖晃山本的肩膀：

「欸，所以咧？動手殺人是啥感覺啊？」

山本拍掉野崎的手掌，狠狠瞪了他一眼。野崎的眼中流露一絲懼色。在他醉倒以前，沒再正視山本一眼。

10

房內的電話響起時，已經快半夜三點，彷彿等山本回家等得不耐煩了。

葛西講電話的語氣很消沉。

據說，今晚他在池袋的停車場，又給了恐嚇犯一百萬元。而且，對方還獅子大開口，要他下次拿兩百萬元買回錄影帶。

「求您救救我吧，這樣下去我身家再多也不夠啊。」

山本躺在榻榻米上聽對方訴苦。

葛西的哭訴令他厭煩，之所以沒掛斷電話，純粹是腦子還惦記著那四十萬元。

「你給我再多錢也沒用。我只會花你的錢，不會幫你的。」

山本是眞的打算這樣做。

「沒關係，那些錢隨您花用，本來就是要給您的。」

山本聽了很傻眼，但他的酒醒得差不多了，也該試探一下對方眞正的企圖了：

「我說了，我不會幫你，你還要付我錢嗎？」

山本語帶試探，口氣也比先前和善。

「是的，我也不認爲區區四十萬元就能買凶殺人，這筆錢就當您聽我訴苦的謝禮吧。」

聽到自己想聽的，山本的心意更加堅定了。對啊，放眼全日本，有誰收了四十萬元就乖乖去殺人的？又不是落後國家的犯罪組織。黑道要接單殺人，也有自己的一套規矩吧。不對，葛西是否眞想買凶殺人，還有待商榷。說不定只是想找個素昧平生的人，宣洩心中不可告人的祕密。即使葛西眞的想買凶殺人，只要山本不接受，他們頂多是透過電話談心罷了。

就當是在聽人訴苦，心情就沒那麼沉重了。雖然山本多少還是有點罪惡感，但聽了一大堆煩人的話，拿四十萬元的諮商費用也不是多誇張的價碼吧。

山本已經在思考，要把那筆錢給靜江。

他的戒心一下就鬆懈了。對方似乎也聽出山本的心態，再一次潛聲說道：

「那麼，您願意聽我的計畫嗎？」

山本也找不到理由拒絕，反正不要動手，聽聽就好。他已經得出明確的結論。說實話，山本也挺感興趣的。他想知道葛西說的天衣無縫的犯罪，究竟是怎麼一回事。現在回想起來，打從一開始接到電話，他就有一窺奧祕的好奇心了。

山本重申自己只聽不做，葛西深吸一口氣說道：

「我思考的犯罪計畫其實不困難，堅守一個原則就好。您在計畫中負責殺人，整件案子從頭到尾，您都不要跟相關人等扯上關係。」

對方的聲音聽起來很沉著，山本不自覺吞了一口口水。

「不曉得您是否聽過，所有殺人案中最難破案的，是那種雙方無跡可尋的案子。因為犯人和被害人的關係，只存在於案發當下。換句話說，只要做好縝密的計畫與安排，佯裝成無跡可尋的殺人事件，然後您別在現場留下物證，就不可能被抓。」

葛西隔了一拍後，繼續說道：

「您不認識那敲詐勒索的傢伙，也不知道他家住哪，他壓根不知道有您這號人物。

你們一點關係也沒有，您就佯裝毫無瓜葛的無關人士，殺掉那個男的。這就是計畫的大方向，我會幫您約出那個男的，時間地點我來決定。犯案用的凶器、手套、服裝等等，我準備好以後再寄給您。」

原來如此，這就是天衣無縫的計畫……不過……

山本陷入沉思。理論上這套方法或許可行。問題是，縱使沒留下任何物證，萬一被旁人看到照樣完蛋。

況且，這個方法還有一個致命的缺陷。別的不談，山本有殺人前科，即使他不認識敲詐勒索的男子，使用的殺人手法也跟前案無關，警方一旦搜查遭遇瓶頸，肯定會找上有前科的人調查。山本出獄一年多，也多次察覺警方有在關注他。

「我還是幫不了你，警方沒你想的那麼傻。況且他們認爲有前科的人一定會搞事。」

對方似乎也料到山本會這麼說了。

「別擔心，萬一警方找上您也不會有事的。」

「怎麼說？」

山本聽了有些不高興。

「您接受一個陌生對象的委託，去殺害另一個陌生的對象，形同幽靈一樣的存在。」

「警方要查幽靈還是查誰，那也是他們的自由吧？」

「那好，假設您被警察找去問話，您說得出什麼東西嗎？」

「咦？」

「您跟被害者毫無瓜葛，連他的名字都不知道。而且是眞的不知道，根本無從答覆。凶器也是一樣，您說不出自己用的凶器和手套是哪裡來的。因爲我是到您不知道的城市，從您不知道的商店買來的。」

山本沉默了。

「還有一點，當然現代社會大概不會有這麼野蠻的事了。假使您被警方刑求，承認自己殺了人，也坦承接到陌生人的委託電話好了。可是，您同樣說不出我的名字。到時候會發生什麼事？」

葛西沒等山本回話，逕自說下去：

「警方只會覺得那是您的妄想，是編造出來的故事。您接受陌生人的委託，殺害一個陌生對象，連凶器在哪買來的都不知道。萬一眞的被逮捕，檢方也不會起訴。因爲您的自白毫無眞憑實據，在法庭上無法審理。換句話說，哪怕您眞的自白了，也不會被問罪。這就是我想出來的、天衣無縫的犯罪計畫。」

山本沉吟了。

他有被檢警雙方偵訊過的經驗，所以比誰都清楚，葛西說的確實沒錯。檢方不會打必敗的官司，底下的警察再不滿也推翻不了這一點。檢方是很擅長盤算的，或者應該說，官僚體系本來就害怕失敗。總而言之，葛西的犯罪計畫確實切中司法機構的要害。

難怪葛西要隱瞞身分買凶殺人，山本算是看出這麼做的用意了。兩個人保持互不認識的關係，就是完美犯罪的關鍵。委託人和殺手從沒碰過面，光靠電話交辦殺人委託。看似不可行的事情，做到了就是天衣無縫的犯罪——葛西指的就是這個意思。

爲了實現這個不可行的設定，葛西苦思良久。什麼樣的人願意直接殺人，又不追究委託人的身分呢？答案就是山本。山本吃過一樣的苦頭，肯定會設身處地同情葛西的遭遇。這才是他挑上山本的原因，他也篤定自己能說服山本。

眞是心機深沉，又充滿自信。

山本對這個人的身分，產生了強烈的好奇心。

對方第一次打來時，說他在某家公司也算有頭有臉的人物。眞的是這樣嗎？葛西對司法機構瞭如指掌，這點是無庸置疑的。他看得到一般人看不到的偵訊筆錄，還說他的親戚是當警察的。可是，光靠這點關係就能看到殺人犯的偵訊筆錄嗎？

山本突然想起一件事。

日本的警察，習慣把自家組織稱爲「公司」。

我在某家公司也算有頭有臉的人物。

葛西會不會是警界頗有威望的人物，結果中了仙人跳呢？而且設局的主謀還握有他的性愛錄影帶。不，他不見得是警察。了解司法機構，又有權力調閱山本偵訊筆錄的人……可能是檢方的相關人士……或是法院裡的人……捍衛司法的機構，應該也有不少人會不擇手段自保吧。

山本不再往下想，繼續想下去也沒太大的意義。

他也不需要捫心自問，內心就已經有單純而堅定的結論了。這個殺人委託，他是絕對不會接的。

「你的計畫不錯，前提是要找到人幫你執行。」

「山本先生，我還有——」

葛西話才說到一半，突然靜了下來。不對，聽聲音消失的方式，應該是他按住話筒。隔了一會，聲音終於回來了，語氣聽起來有些慌張：

「……眞的很抱歉，我過幾天再打給您。」

第四通電話，是葛西主動掛斷的。

山本想像電話另一端的處境。一家之主被敲詐勒索，陷入了空前的危機。他的家庭應該也快分崩離析了吧。尤其有頭有臉的人物，家裡出事一定更難辦。

可是，那又怎樣？有哪個傻子會動手殺人，去解決一個陌生人的困境？

天已經微微亮了。

四十萬元……山本明知現在想錢的事太不厚道，但在他睡著以前，腦子裡想的都是那四十萬元。

11

山本只睡了兩個多小時，醒來精神很不濟。

他去公司上班時，嘴裡還有酒臭味。好子跑來他的辦公桌，很有禮貌地低頭道謝，感謝他昨晚的關照。被人感謝終究是件開心的事，只是野崎頂著一張臭臉，用眼角餘光偷偷觀察好子，那張臭臉令他頗爲在意。

野崎早上打招呼態度還算正常，但打完招呼也沒來攀談，感覺挺冷淡的。野崎一定還記得山本稍稍展現的反抗心。他不時偷看山本，看山本是否跟以前一樣順從，還是已經化爲他無法控制的野獸。山本看得出來，那是在打量自己的眼神。

山本也跟野崎保持距離，反正他有心理準備了，事到如今搖尾乞憐，野崎這個人的本性也不會改變。只要野崎對他心懷芥蒂，遲早是會發難的。

這個註定成眞的預感，喚醒內心的恐懼，讓他下班後決定去銀行一趟。

山本心想，要早點送錢給靜江才行。這個月才剛送十五萬元，馬上再送一筆錢，絕對會在靜江心中留下深刻的印象。

山本想讓靜江大吃一驚，所以領了三十萬元出來。他本來打算把葛西給的四十萬元都送出去，問題是送錢必須透過及川。金額不大的話，還可以說是在更生設施存下來的；但一次給四十萬元，及川會有什麼反應就說不準了。

山本把領出來的錢放入信封，正要把明細揉爛的時候，發現戶頭的錢又更多了。

這次多了五十萬元，山本看得都暈了。

昨晚山本聽了葛西的犯罪計畫，這大概是對方的謝禮吧。不對，那個人付錢絕不只是要找傾訴的對象。葛西反覆送錢，好讓雙方的僱傭關係成立，一步步誘導山本執行殺人計畫。然而，不管對方是何居心，他們在電話中已經談好，那筆錢就是傾聽的費用。

既然如此，那有什麼問題呢？葛西的行爲就好比拿鈔票賞人耳光，對這種人也不需要有什麼責任或道義，更不需要客氣。錢照拿，殺人委託堅決不接，這樣就好。無論這件事未來如何發展，山本也不會因爲拿錢不辦事而被告上法院。

山本在心裡替自己的行爲合理化。

不過——

那三十萬元還放在山本的房間，他在等葛西的電話。殺人委託絕對不接，這麼理所當然的事情好歹要再次說清楚講明白。

葛西一直沒打來。都送了三次錢，應該也不可能放棄委託。但對方不打電話來，山本也無法再探聽更多的訊息。從這個角度來看，葛西安排的犯罪計畫依舊天衣無縫。

等待電話的這段時間，山本和野崎的關係也迅速惡化。

野崎的手法非常陰險。靈車明明還很乾淨，他卻不斷叫山本出去洗車。工作時盡挑一些無關緊要的小毛病，還嘲笑山本浪費了十年光陰，才會連這麼簡單的工作都做不好。野崎故意用這種引人遐想的說詞，挑起同事對山本的疑心。後來，野崎甚至在開晨會的時候，提起近年來驚動社會的連續殺人案，叫山本推理案發經過。想必好子那一天對山本示好，也激起了野崎的嫉妒心吧。

野崎公開山本的過去，也只是時間問題了。

山本很害怕。

靜江要是知道他丟了工作，會怎麼想呢？可能會擔心山本付不出錢吧，然後對山本再次感到失望，覺得他果然不值得依靠——

12

入八月，某天山本接到及川的電話。

也沒什麼要緊事，就是邀他一起吃頓飯罷了。山本幾經猶豫，最後決定揣著三十萬的現金袋赴會。買凶殺人的男子依舊沒打來，他的一顆心總覺得不踏實，錢也不知道該怎麼處理才好。

到餐廳吃完飯以後，及川請山本到家裡坐一下。

客廳跟平常一樣，吹著涼爽舒適的風。

及川倒了一杯茶，頭也不抬地說：

「山本啊，你跟野崎社長發生了什麼事嗎？」

「咦……？」

山本不明白及川何出此言。

「呃，昨天啊，野崎社長打電話給我。」

「……他有談到我的事？」

「不，也不是，他沒有直接說你怎麼樣，只是……」

及川一副很困擾的表情，接著往下講：

「他說，萬一你辭職不幹了，看能不能繼續關照他的公司，幫他接洽安養中心的遺體運送業務。總之，他主要是想談這個吧。」

山本的身體微微發抖。

「是你說要辭職的嗎？」

「沒有——只是，我們合不來……應該說，我跟社長處得不太融洽吧。」

「這樣啊……」

及川嘆了一口氣，神情有些落寞。

山本早知道野崎在打什麼主意，但實際得知狀況緊迫，內心還是不免憤怒焦躁。懷裡的那筆錢，也更重了。他要趁還沒失去工作，用這筆錢給靜江一個驚喜。然而，這不是他自己賺來的，而是一筆髒錢。用髒錢討靜江的歡心，眞的沒關係嗎？

及川沉默不語，山本臨時想起一個話題，試圖化解尷尬的氣氛。

「及川先生，聽說您要選市議員啊？」

及川笑了：

「哈，你消息眞靈通啊。我叫他們別殘害我這把老骨頭，直接拒絕了。他們拜託我出來選一屆就好，反正就是騎驢找馬，等培養出下一屆人選就不需要我了。政治這東西啊，眞是太骯髒了。」

「那您……？」

「我不會選的。我可不想一大把年紀還選輸，成為眾人的笑柄。」

接著，及川用幽默風趣的口吻，聊起了推舉候選人的祕辛。過了晚上九點，山本起身準備離開，心中也下了一個決定：

「及川先生……」

山本在玄關轉過身來，遞出懷裡的現金袋：

「請把這筆錢給靜江，我以前在更生設施就有存錢，自己也用不到。」

山本終於用了買凶殺人的錢——

及川從信封抓出鈔票，先是驚訝地看著山本，之後低頭數錢。

等待的時間好漫長，山本也不好意思看及川數錢，視線卻捕捉到另外一樣東西。

「**哈巴羅夫斯克勞改營敘舊會**」

那是丟在鞋櫃上的一封郵件。

——哈巴羅夫斯克勞改營……？

及川不是在斯維爾德洛夫斯克勞改營嗎？為什麼他會收到哈巴羅夫斯克勞改營敘舊會的信件？不對，寫那封黑函的老兵也說，及川以前待在哈巴羅夫斯克勞改營。難不成黑函的內容是真的？要真是這樣就奇怪了。及川去監獄探望山本的時候，的確表明他跟山本的父親待在同一個勞改營。

「你哪來這麼多錢？」

及川訝異的聲音，打斷了山本的思緒：

「就、就我以前存下來的……」

「可是，這也太多了吧？你這個月已經給十五萬元了。靜江小姐看到你給這麼多錢，也會很疑惑吧？」

山本又不能說，他就是想讓靜江嚇一跳，所以說了另一段心裡話：

「拜託了，請替我送錢吧，我想盡量補償靜江。我只能爲她做這點事情而已，除了送錢以外，我眞的沒辦法替她做什麼。」

山本自己說到情緒激動了起來。是啊，除了送錢以外，他沒有打動靜江的方法了。只要能打動靜江，他願意做任何事。髒錢也是錢，他也顧不得及川懷疑。靜江願意回心轉意比較重要，其他都無所謂。

及川勉爲其難收下了，但也不忘叮嚀山本量力而爲。山本鞠躬道謝就告辭了，一顆心始終靜不下來。不曉得靜江收到錢以後，會是什麼反應？

靜江的笑容在腦海中浮現，蓋過了使用髒錢的愧疚感。

13

山本從不曉得，原來等待是一件開心的事情。

然而等了三、四天，都沒有靜江的消息。照理說及川應該會帶點消息，但山本至今沒接到任何聯絡。

山本思考了另一種可能性。他不知道靜江的住址和電話，但靜江未必不知道他的聯絡方法。說不定靜江會直接打電話來吧？山本懷著這樣的期待，又等了幾天。

等不到電話，山本開始期待靜江寄信過來。用信件聯絡的話，還沒寄來也算正常，不，靜江收到錢也不見得會馬上回信。或許她也需要思考幾天，等心情平復下來以後，再利用這幾天的時間寫信。

又過一個禮拜，山本還是沒收到任何訊息，連這一絲小小的期待都破滅了。

山本的心情很鬱悶，一再落空卻又無法死心的期待，讓他變得越來越神經質。難道三十萬元不夠嗎？那四十萬元總該夠了吧？戶頭裡還有葛西多匯的一筆五十萬元，加起來總共九十萬元。這麼多錢總該換得到一點回應吧？不對，當初多給五萬元，靜江就向及川道謝了不是嗎？三十萬元不可能不夠的。那到底爲何沒回應？

山本改變了懷疑的目標。

那三十萬元眞的有交到靜江手上嗎？

是不是及川沒把錢送去？是他太忙，還是忘了？講難聽一點，及川自己吞了那筆錢也不是不可能。山本沒有直接聯絡靜江的管道，也無法確認錢是否有送到。及川會不會是利用這一點，侵吞了山本的錢呢？及川是獨居老人，按理說只靠年金節儉度日。儘管他有幾個了不起的頭銜，但那些頭銜有錢拿嗎？三十萬元這個金額，對他很有誘惑吧？

所有可能性都懷疑過一遍後，山本深深嘆了一口氣，他覺得自己好可悲。及川可是大恩人，沒有及川的幫助，他和靜江的關係根本連修補的機會都沒有。

——不過……

山本的心中仍有其他疑問。

及川當眞是恩人嗎？不，及川確實對他有恩。然而，及川照理說是在斯維爾德洛夫斯克勞改營認識父親的，但實際上待的卻是哈巴羅夫斯克勞改營。假如這是事實，那就代表及川編造過去的經歷，藉此來接近山本。

幾天後，山本抱著解不開的疑慮造訪及川家。及川不在，山本等到很晚都沒人回來。報紙也開始用大版面報導議員選舉的消息，可能及川也在多方奔走協調，擺平要不要參選的問題吧。

當天夜晚，山本終於接到葛西的電話，距離上一通整整過了兩個禮拜。

「我真的快受不了了。山本先生，求您救救我，接受我的委託好不好？」

葛西的嗓音比以往還要消沉，據說第二卷錄影帶被敲詐了兩百萬元。

過去感受到的幸災樂禍，又一次在心中萌芽，山本暫時遺忘焦躁的情緒。同樣是地獄也有分層級的，如果山本掙扎求生的地方是地獄，那葛西早就跌到地獄的深淵了。山本是已經認命了，但葛西死都不肯認命，所以承受的痛苦想必也更大。

「這次也是在池袋的停車場交換錄影帶，下次應該也是在同樣的地點交換吧。到時候我打算一舉消除後患。山本先生，您願意聽我的詳細計畫嗎？」

那一刻，山本心中閃現一個連他自己都驚訝的念頭。

這次對方會給多少錢？

光是聽葛西訴苦，山本的戶頭先後多了十萬元和三十萬元。上次聽大略的犯罪計畫，又拿到了五十萬元。這次聽具體的犯罪計畫，對方會給多少呢？

山本率先打破漫長的沉默：

「好啊，我聽你說。」

葛西多次道謝，說起了詳細的計畫：

「總之，目標四十多歲，是個身材矮小的風流男子。他都開一輛紅色的富豪來停車場，請您先用電擊棒電暈他，再用刀子了結他的性命。」

那是個悶熱的夜晚，耳朵長時間貼著話筒，汗水順著脖子滑到胸口。

山本一大早就去看戶頭餘額，內心狂喜不已。

戶頭裡多了一百萬元，加上過去的幾筆錢總共一百九十萬元。

山本下定決心。

下次休假直接去船橋一趟，不再透過及川送錢了。他要直接去見靜江，親自把這筆錢交到她手上。

14

離開銀行前往公司，山本發現職場的氣氛不對勁。

同事一看到他來，趕緊轉移視線。而且好像大家說好了一樣，沒有一個人例外。不，只有好子還願意看著山本，甚至還端了一杯茶給他，但好子的手也在顫抖。

山本如墜冰窖。

昨晚有新職員的歡迎會，野崎肯定在宴會上說出了他的祕密。

山本一動也不動地待在位子上，偷偷觀察後方同事的氣氛。野崎全說了嗎？還是只說山本有前科而已？該不會連殺人前科，還有殺害的對象是女高中生都說了吧？

事務所接到精神科的派車要求，山本立刻舉手接下工作。

他開著靈車在縣道奔馳，內心無比沉重。當然，他早知道事情會這樣發展，但有前科一事被同事發現，實在很難保持平靜。現在職場是何反應呢？山本想到了各式各樣的可能性。沒準同事趁他不在的時候，嘲笑他厚臉皮，甚至憤恨踹倒他的椅子。絕望的念頭不斷燒灼山本的心靈，這下子事務所是回不去了。

這次要載運的遺體，是年近七十的男性。遺體瘦到只剩皮包骨，手腕和腳踝有好幾條紫色的勒痕。可能是死前不太安分，所以被綁起來了吧。

一對男女來接收遺體，男的已經中年了，體格相當壯碩，女的臉上化了厚厚一層妝，應該是中年男子的妹妹。護理長的心情很不好，大概是受了其中一方的氣。護理長還跟山本抱怨，死者家屬只會馬後炮，有本事就不要把人送來照顧。

死者家屬是從松戶來的——這個訊息讓山本起了一個念頭。松戶離船橋不遠，多開一段路就到了。

山本趕往一樓大廳的提款機，飛快按下提款按鈕，領了一百五十萬元出來。

現在自己有前科一事，已經被全公司知道了，山本等不到下次放假了。今天就去吧，現在馬上去見靜江。把錢交給她，爲自己犯下的錯道歉吧。然後，祈求靜江給一個從頭來過的機會。山本甚至不介意下跪，就一直下跪磕頭，跪到靜江原諒爲止吧。

山本在國道上疾馳。他先到松戶放下遺體，按照習俗讓遺體躺向北方，之後隨便打了招呼就匆匆離去了。

過了中午，車子終於開到船橋市內。山本將車子停在超市停車場，到附近的電話亭翻閱電話簿，尋找保險公司的電話。上面有二十多家保險公司的分店電話號碼。

電話亭熱得跟三溫暖一樣，山本還是很有耐心地一家一家打：

「請問酒井靜江女士在嗎？她上禮拜有來跟我推銷保險。」

「什麼？我們分店沒這個人啊。」

每一通電話都換來同樣的答覆，所有的分店號碼都被他打完了。

全身的力氣也蕩然無存。

山本一直以爲靜江回到故鄉船橋，從事推銷保險的工作。其實冷靜思考會發現，靜江不可能回老家。丈夫殺了一個女高中生，各大媒體連日轟炸報導，這是要怎麼回老家安生呢？

山本總算體認到靜江受的傷有多深，想要見靜江一面的心意也就更加急切。可是，他已經無從找起了。情勢所逼，靜江不得不躲起來苟且偷生。

他離開電話亭，心情和腳步都好沉重。得回去了，回到那間充滿異樣眼光的公司。

既然已經無望見到靜江，那麼繼續當上班族還有多大的意義呢？

山本茫然走在路上，偶然看到馬路對面的一塊看板。偵探事務所——山本眨了眨眼睛，發現原來還有這個方法可用。好在自己身上也有足夠的錢。

山本直接跨過護欄，穿越喇叭齊鳴的車道，三步併兩步衝上掛著看板的華廈。那棟樓並不大，小小的樓層又被隔成好幾個區塊。他在其中一個角落，看到一塊木製看板。推開門，靠在窗邊的大鬍子趕緊起身相迎。

「我要找人。」

山本開門見山，要求對方找出酒井靜江的住所和工作地點。

大鬍子開始記下必要的資訊，一副成竹在胸的表情。山本透露靜江老家的地址，以及夫妻倆十三年前的住所，但沒有說出兩人已經離婚。其實偵探深入調查的話，早晚會知道整件事的原委，但山本當下選擇隱瞞。桌上的宣傳冊子印有「替您尋找初戀情人」的字樣，山本用了類似的理由當找人的動機。

山本給了預付款以後，起身準備離開。他忽然想到另一件事，低頭問大鬍子：

「你查得出她的銀行戶頭嗎？」

大鬍子露出意味深長的笑容，尷尬地顧左右而言他。他用表情告訴山本，用正當的手法當然查不出來，但眞要查也不是沒辦法。

回程時，山本放慢車速。

該做的都做了，但心中又多了另一個疑問。

葛西是如何得知山本的戶頭？

對方說，他有雇偵探調查山本。偵探是調查的專家，要查出山本的行蹤想必不困難。但銀行戶頭就另當別論了，銀行不可能透露客戶訊息，山本也沒跟其他人提過。

野崎是山本的雇主，自然知道山本的戶頭。負責會計的好子也一樣，薪資轉帳的手續都是她處理的。

再來——就剩及川了。

當初工作的事情談成後，及川建議他去開一個戶頭。沒錯，當時及川把他的戶頭抄在記事本裡。

是及川告訴偵探的嗎？不……

山本有一個更跳脫的想像。

及川透露的對象不是偵探，而是那個想要買凶殺人的葛西。

那兩個人背地裡是不是有某種聯繫？

山本無法證實這個推論，但葛西太了解山本了，他甚至看出山本恨火未消。葛西說過，他是看了山本的偵訊筆錄，才明白整件案子的眞相。因此，山本以爲對方是檢警或司法機構的人。然而，看過偵訊筆錄說不定就是謊言。

及川算是山本的知音，山本也跟及川說過整件案子的眞相。

如果，他們兩個人早就認識了呢……？比方說，葛西被敲詐勒索，情急之下去找及川商量……然後二人密謀布局，讓山本代爲殺人……

車子開到大宮區，山本的想像力描繪出辦公室裡的光景。他低頭看錶，快要八點了，或許辦公室還有人。一想到這，踩油門的力道也自然減弱了。

靜江……野崎……葛西……及川……還有那些同事……山本拚命把靜江以外的臉龐，趕出自己的腦海。

15

偵探做事很有效率。三天後，山本來到習志野車站。

靜江在習志野租房子的理由，他也猜得出來。靜江沒法回老家船橋，但也希望就近照顧年邁的父母。而且，靜江也在當地找到推銷保險的工作。

山本離開驗票口，進入車站前的咖啡廳。今天他請假沒上班，一大早打電話給野崎，說自己得了重感冒需要休息。野崎叫他好好休養，但他始終忘不了那冷淡的口氣。

山本點了一杯冰咖啡，現在才下午兩點，太早來了。靜江住的地方他是不敢去的，兒子也在那裡，所以他打算趁靜江下班時堵人。

厚厚的一百五十張鈔票就揣在懷裡。山本出門前刮了兩次鬍子，髮型也用吹風機細心整理過，身上的西裝也是全新的。襯衫、領帶、皮鞋也都買齊了。照理說，打扮成這樣看起來就是個努力工作的上班族。

可是，山本一顆心還是七上八下。

十三年的空白歲月猶如一堵巨大的高牆。不曉得靜江看到山本會是什麼表情？又會說出怎樣的話呢？

四點了。山本已經來到靜江工作的地方轉來轉去。太陽高高掛在天上，氣溫熱到令人生厭。

喉嚨像被什麼東西卡住似地，山本想不出該對靜江說什麼。唯獨決心是堅定的，一定要跟靜江道歉，祈求她的原諒。不，先呼喚她的名字吧。

到了五點，進出大樓的人潮多了一些，山本的心跳也跟著加速。他悄悄站在大樓轉角處的道路上，不願看漏任何一張女性的臉孔。

過了十五分鐘，靜江還是沒出來。過了二十分鐘、三十分鐘，山本的決心開始瓦解。會不會自己根本白忙一場？他對保險業務員的工作一點也不熟。沒準靜江的上班時間不固定，或者根本不用每天上班。

失望之餘又有那麼一絲安心。現在他的情緒太激昂，連呼吸都有困難。真的等到靜江出現，他也不敢保證自己有勇氣上前攀談。

改天再來好了。就在山本要打退堂鼓的時候，耳邊傳來一群女人聒噪、但又充滿解放感的說話聲。有一群衣著亮眼的女子，從大樓的側面走出來。原來大樓有其他出入口。那些女子一看就是保險業務員。

山本戴起太陽眼鏡，踏著虛浮的步伐追了上去。大樓後方就是一座停車場，那群女子各自去取車。

山本趕緊辨認每一張臉孔。

沒一會工夫，那些女子便開車離去了。

山本長嘆一口氣，就在他轉身準備離開的時候，腳步停了下來。正好大樓的側門走出一個穿著白色襯衫的女子。

是靜江……

山本的心臟劇烈鼓動，幾乎到了隱隱生疼的地步。

靜江好美，清湯掛麵的髮型，配上一絲不苟的妝容。米色緊身裙突顯玲瓏有緻的身材，白色高跟鞋跟雙腿完美地融為一體。

靜江和保全打完招呼，直直朝山本走來。山本反射性地退到路邊，心卻命令自己趕快上前。但他一步也踏不出去。

「他曾經是一個好丈夫。」

「眞的非常感謝。」

山本在心中默念這兩句話。他不斷說服自己，靜江一定會很開心、念舊的。靜江一定在等我團聚。

他顫抖地摘下太陽眼鏡，靜江的頭轉了過來，兩人四目交錯。

千言萬語都凝聚在山本的眼中，但靜江的眼神毫無波瀾，她只是看了山本一眼，從山本的身旁走過。

山本大吃一驚，整個身體轉向靜江，凝視著她的背影。

他以爲靜江會停下腳步，經過一番掙扎後才終於回過頭來，凝視以前的丈夫。不過，實際上什麼都沒有發生。靜江的背影逐漸遠去，山本想要喊出那個遲遲不敢說出口的名字，但他做不到。他六神無主地追了上去，柏油路上熱氣蒸騰，燒灼的陽光狠狠刺入他的體內。

靜江走過停車場，低頭看錶。她稍微加快腳步，注意力完全沒放在身後。

山本幾乎魂不守舍。

他們確實對到眼，靜江確實有看到山本，山本也回望靜江。然而，靜江直接走過他身旁。她不是無視山本，也不是氣到轉移視線。

靜江根本沒發現他是山本。

原來，靜江已經忘了自己的丈夫，忘了山本這個人嗎？

靜江在小巷子拐個彎，百無聊賴地張望四周。隨後，她似乎看到自己在找的人，走向停車場的深藍色轎車。靜江露出俏皮的笑容，伸手輕輕敲打駕駛座的玻璃窗，之後打開車門坐了上去。

深藍色轎車開過山本身旁，他隱約看到一個五十多歲的男子，一副相貌堂堂的模樣。靜江和男子相視而笑。

看到那一幕以後，山本漫無目標地在街上亂晃，也不曉得自己走到哪裡。走著走著，他在商店的玻璃窗上看到自己的身影。燙得筆挺的長褲看上去好滑稽，光鮮亮麗的皮鞋和領帶給人一種小丑的感覺。

過了一個小時，山本來到寧靜的住宅區。偵探寫給他的地址，有一棟不新不舊的雙層公寓。

一樓門口旁側邊的門口，標示著「酒井」字樣。門牌上沒有兒子的名字，山本靠在電線杆上，他不懂自己來這裡做什麼？或是想要挽回什麼？

不久，一道光芒在昏暗的天色中照過來，是騎著自行車的少年回來了。少年的學生褲有些太長，以中學一年級的學生來說，似乎瘦小了一點。

少年將自行車停到公寓的屋簷下，從車頭的籃子裡拿出補習用的包包。他轉頭注視山本的臉龐，大概一開始就注意到山本了吧。

少年的眼睛好清澈，照理說那眼神夾雜著對陌生人的戒心，但看不出一絲困惑和猶豫。少年和靜江一樣，有一雙溫和的眼眸。

少年進入「酒井」家中，窗內的燈火亮了。山本盯著門板，心中再無激昂的情緒，也沒有任何感慨。

如果兒子是不良少年，或許山本的情緒可以瞬間湧上，因爲他不但沒盡到爲人父母的責任，甚至還是殺人犯。這樣說不定他還能上前抱住兒子，祈求對方的原諒吧。

可是，他們的血緣沒有產生任何共通點。這對父子對彼此毫無影響，形同陌路。

山本循著原路回去，在車站買了一張車票，搭上正好到站的電車。

孤獨感這才找上他。

他想起了那具瘦成皮包骨的遺體，想起了四肢上的紫色勒痕。

以後我死了，誰來收我的遺體……？

山本壓抑不住想哭的情緒，他一頭靠在車門的玻璃上，壓低聲音啜泣。現在他必須孤身面對這個世界了，淒楚的孤獨感持續折磨他的心。

他在模糊的視野中，似乎看到了孩提時代的光景。那時候城市裡還有所謂的空地，以及殘破的防空洞。他一直走到防空洞的深處，看到了蠑螈和蝙蝠。家裡有母親在等他，做錯事母親會破口大罵，做好事母親會笑著稱讚他。

學生時代眞的好開心，成天去新宿和澀谷喝酒玩樂。他有一群來自各地的朋友，也有過戀人。父親喝醉了，還會教他人生大道理。

工作也是充實又有趣，公司有自視甚高的同事，醫院裡也有愛唱歌的院長。家裡，有靜江在等他。他們會一起洗澡，一起看電視嘻笑，那時候搞笑節目正盛行。

這一切，在他被色誘的那一天全都毀了——

是啊，全都毀了。不是今天才毀的，所有的一切在那一天都毀了。

甜蜜的妄想也煙消雲散了。

晚上九點過後，司空見慣的霓虹燈景象出現在車窗上。山本離開大宮車站驗票口，進入小鋼珠店，沒有回到公寓。

山本一進店裡就看到喜歡釣凱子的貴美子，連找人的功夫都省下了。他秀出身上的巨款，把目瞪口呆的貴美子直接帶出場。到低俗的霓虹小巷挑了家賓館，像野獸一樣上了她。他喝光冰箱裡的酒，叫了一堆吃不完的高級壽司。吃飽喝足之後，倒頭又是一頓狂幹。

山本開始認爲，萬物都躲不過金錢的支配。現在被他壓著的女人，就是最好的例子。野崎也是仗著有錢欺負人；買凶殺人的男子甚至相信，有錢就能買到人命。那一天，害他失去一切的女子也是。

山本給了她兩萬元，她要是願意收下，不就相安無事了？結果她卻抱怨兩萬元太少，還發瘋似地搜刮車裡值錢的東西。那俗不可耐的貪婪，究竟所爲何來？說穿了，都是爲了錢。

山本一直洩欲到早上。他陶醉在用錢買來的肉體中，依然擺脫不了孤獨。

16

隔天，山本也懶得去上班了。

而且他也沒有聯絡公司。在公寓睡到中午，下午就去小鋼珠店，晚上帶著貴美子四處花錢，玩到天快亮才回家睡覺。可是，不管他怎麼玩樂，心情始終沒好過。全裸的靜江抱住其他男人的身影，一直在他腦中揮之不去，宛若親眼所見。

無故曠職過了一個禮拜，都已經九月了，公司也沒有打來說什麼。反正野崎那種小人，肯定會抓住這個機會開除他。

山本已經自暴自棄了。有沒有工作都無所謂，靜江他也放棄了，誰要誰拿去吧。他用酒精麻痺自己，就當從來沒娶過老婆，也沒生過孩子。

當然，爲了討生活，山本也知道不能渾渾噩噩過下去。不過，他連明天都沒心力去思考。之後的事情，等一百五十萬元全部花完再說吧。麻煩的事情統統不留於心。

過了幾天，葛西又打電話來了：

「山本先生，您願意接下我的委託對吧？拜託了——山本先生！」

葛西的語氣從一開始就異常激動。據說，第三卷錄影帶又被敲詐了三百萬元。現在葛西已被逼上絕路，再也保持不了冷靜。

山本躺在棉被上，有一搭沒一搭地聽著。他心裡想的是，反正聽人說話就有錢可拿，也沒啥不好。

對方談到錢的話題，好像跟殺人的酬勞有關……山本聽到金額，大腦花了一點時間才反應過來。

「酬勞五千萬元……？」

「對，五千萬元！我一定會支付的。家父有留下價值三千多萬的有價證券，剩下的我會預支退休金補給您。拜託了，請您務必接受！」

這是山本做夢也沒想到的金額。葛西每次都被敲詐一、兩百萬元，山本料想他大概準備了一千多萬元來善後，但沒想到一出價就是五千萬元。

有了五千萬元，未來幾年放蕩玩樂也不愁吃穿，野崎給的爛工作也能笑著不當回事了。不用找新工作也沒關係，往後幾年再也不用擔心前科被發現。

在那個當下，山本想起了靜江。

這次總該有回應了吧？這次是五千萬元，可不是少少的一百五十萬元。要搶回靜江絕對綽綽有餘吧？靜江看上的也是那個人的錢吧？肯定是爲了賣保險陪睡。有五千萬元的話——

山本思前想後，目光也到處亂瞟，但他的視線和思緒突然停了下來。因爲他想到靜江一絲不掛，跟其他男人歡好的光景。

那個賤人一點也不重要，連自己的丈夫都忘了，那種女人沒什麼好留戀的。這樣吧，五千萬元統統給靜江。五千萬元夠買一間便宜的公寓了，不，五千萬元要在那一帶買下獨棟的房子也沒問題。靜江會在山本送給她的房子裡，一直住到死爲止，永遠承受憎恨和感激的激烈拉扯。

「山本先生——您有在聽嗎！」

電話中的聲音，把山本的思緒拉回現實。

「您願意接下我的委託嗎？拜託了，您不答應我就完蛋了！」

「呃……」

「山本先生！」

山本說出了心中僅有的理性：

「我不可能幫你殺人啊。」

葛西赫然爆吼：

「山本先生！我求您了！殺了那個人吧！求您殺了那個人吧！」

吼叫聲貫穿山本的耳膜，令他心膽俱裂，那聲音簡直就是怪物的咆嘯聲。

「我沒辦法。」

前面幾次通話，山本自認處理得還不錯，每次都避重就輕。不過現在看來，還是介入得太深了。葛西把山本當成救命稻草，非要他接下殺人委託。

然而，自掘墳墓的窘境，反而激起了另一個替自己開脫的辦法。

解決問題不一定要殺人是吧？

山本記得對方在電話裡說過，敲詐勒索的犯人不是黑道，而是一個四十多歲、身材矮小的風流男子。敲詐勒索的犯人帶來莫大的痛苦，山本可以理解想要除之而後快的心情。但解決問題，不一定要殺人。例如，反過來威脅敲詐勒索的犯人，拿回性愛錄影帶，也算解決了眼下的危機。

沒有人會沾染血腥，去救一個素昧平生的對象。不過，從敲詐勒索的犯人手中拿回錄影帶就另當別論了。只要酬勞談得好，應該會有人願意幫忙的，就好比——

山本心中泛起了一個念頭。替電話中的男子拿回錄影帶，能拿到多少錢呢？

他起身關緊窗戶，回頭拿起電話。

接下來，他換了一個方式，說出心中陰險的盤算：

「斟酌一下方法，說不定我能解決你的問題。」

「眞的嗎？您願意幫我嗎！眞是太感謝了！」

葛西不斷道謝，說不定在電話另一端還哭了。

山本說他需要時間考慮一下，便結束了這場通話。他起身打開窗戶，盤坐在窗邊點了一根菸。

用不殺人的方式解決問題，能拿到多少錢呢？

「求您殺了那個人吧！」

充滿殺意的尖叫聲不絕於耳，葛西是眞心要殺掉敲詐勒索的犯人。光是拿回錄影帶，他不會支付五千萬元吧。不，倘若報復才是他的主要目的，那麼山本自作主張，他可能會直接找其他人犯案，連一毛錢也不給。

這樣未免太可惜了。

山本已經很清楚自己會有怎樣的未來。失去工作以後，必須背負前科過著四處碰壁的困頓生活。每天只能低著頭走路，夾著尾巴做人，活得一點也不光采。最後孤苦無依地死去，也沒人替自己收屍。不過——

有五千萬元的話，就能買到不一樣的人生。

山本有種豁然開朗的心情。

用騙的不就得了？讓葛西以爲敲詐勒索的犯人已死，領取五千萬元的報酬吧。當然錄影帶也會拿回來，挽救對方的人生。

換個方法似乎比較可行。山本捻熄香菸，又點了一根來抽。

一開始，就先照著委託人的犯罪計畫行事吧。

犯案地點在池袋的停車場。當初周邊土地被收購以後，兩棟樓之間空下了一塊地，剛好位於道路的死角，附近又沒有燈光。敲詐勒索的犯人，會搭乘紅色的富豪到場。

山本的犯案程序如下——先去另外一個停車場，那裡有葛西事先租來的廂型車，離犯案地點有一段距離。車內備有刀子、電擊棒，還有運動服、塑料外套、皮手套、運動鞋……

山本假裝跑步運動，前往指定地點和敲詐勒索的犯人碰面。然後，宣稱自己是代爲送錢的人，搭上對方的紅色富豪。上車後拿出暗藏的電擊棒，將敲詐勒索的犯人電暈，再用刀子了結他的性命。同時，搶走對方的錄影帶和住宅鑰匙，皮包裡的錢也要拿走，這樣看起來才像強盜殺人。接下來慢跑回到廂型車上，把搶來的東西藏在車裡，換好衣服前往池袋車站，搭電車回到大宮，在自家公寓待命。

至於葛西，會在山本犯案時製造不在場證明。他會先打電話給山本，確認目標死亡後再去取車，拿走山本搶到的鑰匙。待黎明時分，再去死者家中，收回剩下的性愛錄影帶——計畫內容大致如此。

山本打算修改這個計畫。

搭上紅色富豪，用電擊棒電暈目標，到這個階段都沒問題，有問題的在後頭。暈厥的目標就那樣放著，不必殺掉，搶走錄影帶和鑰匙放回廂型車上。

不……這樣不行。目標不可能暈厥太久，萬一他醒來回到家中，可能會剛好碰到去找錄影帶的葛西。

不然換個方法。在葛西去找錄影帶的那段時間，剝奪目標的行動自由就好。一樣先用電擊棒電暈，再把四肢綁緊，嘴巴也牢牢塞住。後面就照原定計畫，將搶來的鑰匙和錄影帶送到廂型車上。然後找個地方打發時間，在天亮前回去紅色富豪車放人。

其實也不一定要回去放人，但被其他人發現一定會驚動警察。沒被發現就更麻煩了，現在九月還是非常炎熱，把目標放在密閉空間太久，到時候被人發現時氣絕身亡，那可眞遂了葛西的願。

不，先等一下。山本忘了一個大問題。葛西會打電話到家裡，等確認目標死亡後才會前去搜索錄影帶。

好在這也不是大問題，修正一下就行了。

山本先回到公寓等電話，欺騙葛西目標已經身亡就好，接著回到池袋。對了，山本也可以租一輛車，在黎明時開車前往池袋放人。

剩下的就是收受酬勞了。山本謊稱目標已死，有沒有辦法在葛西識破謊言之前，收到辦事的酬勞？

山本的腦筋動得非常快。

這樣說如何？

在電話中先騙葛西，說人已經殺了，因爲害怕事跡敗露，想要遠走高飛，拜託對方隔天一大早馬上匯錢。

這種說法很自然，殺完人說不定就是那種心境。

那葛西會怎麼做呢？他不可能親自去確認目標死了沒。一定是透過電視或報紙確認眞僞吧。一、兩天沒看到相關新聞，頂多以爲屍體被人發現的時間比較晚。

這套方法似乎可行，山本反覆斟酌自己的計畫。

先用電擊棒電暈目標，將他牢牢綁緊。接著把他家的鑰匙送回廂型車，再搭電車回到大宮的公寓，等葛西打電話來。接到電話後謊稱目標已死，要求葛西隔天一大早匯款。談成了就搭乘自己租來的車子，前往池袋的停車場，在破曉之前進入紅色富豪，用電擊棒再次電暈目標，解開他身上的束縛。完事後開車回到公寓，等銀行一開就去提款。

乍看之下是個毫無破綻的計畫。

那被電暈的目標呢？他不會昏迷太久，醒來以後也不可能去報案。畢竟襲擊他的主謀，就是他敲詐的對象。用來敲詐的錄影帶沒了，還差點丟掉一條小命，他大概也不敢找葛西的麻煩了。不然，在車上賞他幾拳，警告下次再犯就殺了他。

這計畫確實可行。

山本胸有成竹，只要利用葛西的完美計畫，就可以上演另一齣天衣無縫的犯罪。

不，這也不算犯罪。

山本只是在懲罰敲詐勒索的敗類罷了。那個敗類只會吃點苦頭，葛西又能擺脫人生最大的危機，這簡直是行善助人啊。葛西只有感恩戴德的份，哪有資格抱怨呢？

這次有五千萬元——山本感覺那筆大錢已經到手了。

17

山本睡到傍晚醒來，內心澎湃的情緒絲毫未減。

過了晚上七點，有人來敲他的房門，來訪的原來是好子。好子表示有要事相談，瞧她低著頭一副無精打采的模樣。

山本回頭看了房內一眼，實在不好意思招待客人進門。他請好子稍待片刻，換完裝帶好子到外頭談話。

他們挑了一家附近的咖啡廳。

「山本先生，你不來上班了嗎？」

山本點點頭，好子盯著桌面說道：

「社長眞是太過分了。」

好子斟酌用詞，說出野崎如何在酒宴上暴露山本的前科。

野崎的行徑確實令人火大，但山本的心思早已不在工作上了。好子關心山本，還特地前來探望，這分心意固然可喜。然而，反覆聽到野崎這個想要除之而後快的名字，眞的是件很痛苦的事。

「再過不久我就會遞辭呈，妳不用介意沒關係。」

「山本先生，你果然要辭職嗎？」

好子輕嘆一口氣，她沉默了一會，突然哽咽說道：

「社長對我毛手毛腳。」

山本意外地看著好子。

「他都趁沒人的時候，偷摸我的胸部和臀部……」

原來好子要談的是這件事。

「那個人眞的很差勁，一直邀我去開房間，我眞的不知道該怎麼辦……」

好子眼泛淚光，雙手遮住豐潤的臉頰：

「你剛來公司上班的時候，他就偷偷告訴我你有前科了……」

「他怎麼說的？」

好子低頭不語。

「沒關係，妳就說吧。」

「……他說，山本先生姦殺女高中生……要我小心一點……」

的確是野崎會幹的事，利用其他人都不知道的重大消息，來討好子的歡心。

山本一點也不驚訝，但他在意的反而不是野崎洩密，而是好子得知祕密後的反應。假如這件事是眞的，那就代表山本剛進公司，好子就知道他有前科了。可是，好子完全沒有表現出來，也沒有刻意迴避。山本甚至感受到好子善意相待。

現在的好子也是如此，明明面前坐著一個有殺人前科的男子，她卻絲毫沒有緊張或厭惡的情緒反應。

山本覺得很不可思議。

他滿腦子想的都是那五千萬元，深怕葛西趁他不在時打電話來。然而，實際跟好子面對面交談，聽她談起被野崎性騷擾的遭遇，山本也樂於表達關心。

「建議妳找父母商量比較好。」

話一說出口，好子低下頭，表明父母已經不在人世了。好子跟姊姊相依爲命，無奈姊姊嫁到了廣島，身邊也沒有人能商量。或許，這才是好子眞正想聊的吧。

離開咖啡廳，好子怯生生地望著山本，希望日後再來找他談心。山本答應了，好子臉上多了一點笑容，還很有禮貌地道謝。

好子的身影消失在夜色中，山本也走回公寓。

沒想到，還能聽到別人的感謝。

也許是非常時期的關係，一句簡單的感謝也能打動人心。山本已經很久沒有從別人的話語中感受到溫暖了。

靜江也曾表達感謝，但不是對山本說的。葛西也表達過謝意，但那是確定山本會幫他殺人才說的。

好子不一樣……

當然，山本也不願自作多情。老實說，他根本無從得知好子是否對自己有好感。他只是需要一個理由，讓自己下決心去得到那筆橫財。例如，跟好子一起開家小店維生，哪怕是這種不切實際的理由都沒關係，山本需要這樣的理由。只要未來還有一絲願景，他就能果斷執行那個計畫。

回家還不到五分鐘，葛西就打電話來了。

18

葛西告知山本，計畫將在三天後執行。

葛西已經和敲詐勒索的犯人約好，要在當天交換第四卷錄影帶，這次敲詐的金額是四百萬元。

山本也不希望葛西再多付錢給對方。至於犯案成功的酬勞，只要葛西賣掉有價證券和預支退休金就付得出來。

山本連忙採取行動，他先到池袋觀察那兩座停車場，順便做一些不在原訂計畫中的準備工作。例如購買綑綁用的繩索和膠帶，再到租車公司租一輛不起眼的車子，把車子停到超市的停車場角落。等一切辦妥，回到公寓已經快下午五點了。

郵箱裡塞了一張類似傳單的紙張，其他房間的郵箱也都被塞了同樣的紙。

「揭穿僞君子及川的眞面目！」

山本之前跟野崎去喝酒，野崎拿過類似的黑函給他看，這算是第二篇黑函吧。上面的內容是這樣。

大約在二十年前，及川用甜言蜜語拐騙一名女幫傭，將她據爲己有。但女幫傭跟另一名男子交往，這段三角戀發展到後來，女幫傭不幸被男友殺害。

山本陷入沉思。

寫黑函的人要汙衊及川，裡面有幾分實話也不好說。可是，整篇黑函沒有一句眞話嗎？縱使文中有誇大不實的內容，也不可能是憑空杜撰的謊言，不然發揮不了汙衊的效果。換句話說，及川聘請的女幫傭被殺害，這是千眞萬確的事實囉？

熟識的對象成了殺人案的被害者，及川卻擔任保護司，幫助一個殺人犯。這是山本無法理解的思維。

難不成及川眞的是僞君子？還是他有聖人的高貴情操？

山本再也壓抑不住對及川的猜忌。

及川說他以前待在斯維爾德洛夫斯克勞改營，但實際上是哈巴羅夫斯克勞改營。及川謊稱他認識父親，刻意接近山本。及川和葛西，背後一定有某種聯繫才對。及川向那個人透露山本的情報，這也代表及川知道這樁買凶殺人的委託。

山本的推測並無實據。不，說是單純的妄想還比較合理，因此這分猜忌他一直沒有眞的放在心上。不過——

在山本服刑期間，及川用保護司這個頭銜來博取他的信任，現在看來，及川成爲保護司的經歷也値得懷疑。首先，及川是何時當上保護司的？是幫傭被殺之前還是之後？不，及川爲何要接下這份沒人想幹的差事？

山本想到了一個答案。這個答案來得很突兀，就好像別人替他想的一樣。

及川曾說，山本出獄後可以去找他，他身爲保護司幫得上忙——及川就是爲了對山本說出這句話，才當上保護司的。

理由呢？很簡單，這樣日後就能利用山本。及川的善行，只是要把山本留在自己身邊的手段罷了。山本在坐牢的時候，及川和葛西早就已經有謀畫了。

這也不對……山本先打住自己奔騰的思緒。剛才的推論有個不合理的地方，及川去監獄探望山本，那是五年前的事情。葛西被敲詐勒索，則是這幾個月的事情……所以，殺人計畫在五年前已經開始準備是不合理的推論。這麼說來——

正好電話響起，山本嚇了一跳。

他原以為是葛西打來的，不料來電者是好子。好子說，她徹底拒絕野崎了，雖然可能丟掉工作，但也無所謂。好子的語氣聽起來很歡快。

講完電話已過深夜十二點，兩天後就要執行犯罪計畫了。

山本的思緒好亂，他現在不願去想及川和好子，眼下要專心取得五千萬元。問題是，好子他放得下，及川他卻放不下。

山本對及川的猜忌，其實也是對葛西的猜忌，這兩人很有可能暗通款曲。委託他殺人的究竟是誰？跟及川又有什麼樣的關係？

在不明究理的情況下成為幫凶，無異於跳進一個深不見底的漩渦。

19

隔天山本去拜訪及川，他有一股非去不可的衝動。

按常理來說，山本是沒臉去見及川的。他搞砸了及川介紹的工作，還偷偷接觸靜江，弄到最後自暴自棄。及川本想慢慢修復他們的關係，山本卻背叛了及川的好意。

然而，對現在的山本來說，及川的善意太可疑了。在實際作案之前，他必須先破除這些疑慮。

及川打了聲招呼，表情依舊從容：

「工作怎麼樣了？」

及川似乎沒接到野崎的聯絡。山本也知道野崎的用意，他縱容山本曠職，到時候就可以告訴及川，不是他不肯幫忙，而是山本爛泥扶不上牆。

二人對坐在客廳的沙發上。

山本提出了事先準備好的疑問：

「及川先生，有沒有偵探來打聽我的消息？」

「偵探？沒有啊，怎麼回事？」

「沒事，沒有就好。」

「你這樣講很奇怪，到底怎麼啦？」

「其實，有人查出我的戶頭。」

「查你戶頭？誰啊？」

是一個叫葛西的人——話才剛到嘴邊，山本又吞了回去，現在觀察及川的反應還太早。

個資外洩是很嚴重的問題。及川一臉嚴肅，還探出身子關心。

「呃，也還不確定，只是有這種感覺而已。」

及川靠回沙發上，以試探的眼神凝視山本的雙眸，他說山本今天有點奇怪。

山本從口袋拿出摺疊的紙張，攤在桌子上。

「揭穿僞君子及川的眞面目！」

及川已經看過那篇黑函了，因此他在意的不是內容，而是山本爲何拿出這樣東西：

「你到底想說什麼？」

山本直視及川的臉龐：

「上面寫的是事實嗎？」

「是，我請來的幫傭被殺的確是事實。」

「那您爲何要當保護司？我也是殺人犯，您怎麼會想要幫助這種人呢？」

及川笑了：

「所以你也覺得我是僞君子？山本啊，難不成你是另一個候選陣營派來的？」

及川很快又恢復嚴肅的表情：

「你要怎麼想那是你的自由，你要說我是僞君子，那就是吧。」

山本以爲及川惱羞成怒，但他的話還有下文：

「我愛上了那個女子。當然，我們的關係不是上面寫的那樣。我一個行將就木的老人，竟然眞心愛上了自己的幫傭。只可惜她有心儀的對象，後來他們起了感情上的糾紛，被對方殺死了。」

要眞是這樣，及川應該對罪犯深惡痛絕。山本正要質疑，但及川嚴厲的目光，令他倒吸了一口氣。

山本被震懾住了，坐在他面前的，是他從未見識過的及川。父親生前有時也會展現那樣的態度，散發出旁人難以接近的冷傲氣息。

不過，山本已經騎虎難下，明天就要執行計畫了。

他抱著大敵當前的心境，鼓起勇氣問了另外一個問題：

「您以前是在哈巴羅夫斯克勞改營對吧？」

及川的眼神稍微動搖了。

「我父親是在斯維爾德洛夫斯克勞改營，爲什麼要騙我？」

「這也是黑函告訴你的？」

「我有看到哈巴羅夫斯克勞改營敘舊會寄給您的信。」

及川凝神注視山本：

「當初在西伯利亞的俘虜，會被轉送到各個勞改營。哈巴羅夫斯克、斯維爾德洛夫斯克我都待過，葉拉布加和歐姆斯克的勞改營，我也待過。」

山本直覺認定及川在說謊。

漫長的沉默降臨。

山本提出最後一個疑問：

「您認識一個叫葛西的人嗎？」

「葛西……？誰啊？」

及川的反應毫無破綻，一丁點破綻都沒有。

山本起身鞠躬，斷絕兩人最後的緣分：

「一直以來承蒙您關照了。」

就在山本離去的時候，身後傳來及川沉靜的聲音：

「好幾萬的同袍，都死在西伯利亞。」

及川的雙眼遙望著過去：

「我們在零下四十度的酷寒中，像畜生一樣幹活，很多人活活餓死。在那裡我們眞的很無力，別說替同袍報仇了，連對蘇聯士兵抱怨都不敢。過往的遺憾就像一塊大石壓在心底，所以我們這一輩的人，對別人的死有異常深刻的感觸。」

山本聽不懂這段話是什麼意思。

他加快腳步走出門外。

及川強烈的存在感在腦海中揮之不去，感覺就像非人的怪物，擁有難以測度的心靈和拆不穿的僞裝。

此行非但沒有破除疑慮，反而更加惡化。

山本很害怕。

他只想盡快拿到五千萬元，逃離及川的掌握。

20

山本離開後，及川在客廳看著一張照片。

照片中的人物叫安藤美智子。

年紀輕輕，才三十二歲就去世了。一個渣男騙了她的感情，不只戕害她的身心，甚至還奪走她的性命。

及川很愛她，就像愛妻子，愛女兒那樣。

想起故人，及川緊閉雙眸。

眼中浮現西伯利亞凍土上屍橫遍野的景象，美智子的遺骸也在那裡。

及川按住眼窩，翻閱桌上的名片收藏夾。

其中一張名片，印著「串間義夫」四個字。

及川拿起電話撥打名片上的號碼：

「我是及川——山本剛才來過了。是，請放心，他會動手的。」

21

明天就要動手了。

這天一大清早就烈陽高照，釋放夏季最後的熱力。

山本從睡醒的那一刻就沒放鬆過。應該說，他有沒有好好睡覺都是個問題，全身上下流了好多汗。

早餐他吃不下，只喝大量的水。十點後他去銀行提款。跟恐嚇取財的犯人見面時，要先拿錢給對方看。這筆錢葛西已經匯過來了，金額是兩百萬元，這兩百萬元也是委託他殺人的頭款。

山本領完錢，正要離開銀行時，驚覺一個大問題。

存摺上有葛西的匯款紀錄，這不就是證據嗎？萬一警方查到山本身上會發生什麼事？那是一個來歷不明的對象，前前後後給他近四百萬元的鐵證。

山本走回櫃檯申請銷戶。存摺也撕成粉碎，丟進便利商店的垃圾桶裡。

午後時光好漫長，時針牛步前行，氣溫迅速竄升。山本連午餐都吃不下，只喝了一大堆水。

不安的情緒持續蔓延。

匯款紀錄引燃了不安的火種。說不定其他計畫也有漏洞，所謂天衣無縫的犯罪，根本是癡人說夢吧？

疑慮就像頑強的汙垢，盤踞在他心頭。

及川和葛西確實有某種聯繫，但山本參不透他們是如何產生連結的。所有的疑問又回到了原點，葛西到底是什麼人？要是知道這點就好了。

葛西曾經透露，他是某家企業有頭有臉的人物。年近六十，應該也有妻小，住在東京的某一區。跟女高中生援助交際，落入仙人跳的陷阱，被對方敲詐勒索。

「請殺了那個男的！」

葛西要恐嚇取財的傢伙償命，爲什麼他堅持殺人？拿回性愛錄影帶不就化解危機了嗎……？

不想還好，這一想害他起了雞皮疙瘩。

葛西說的一切，有沒有可能都是假的……？

山本之前就懷疑過，葛西並不是大企業的高層。既然身分是假的，那其他事情也有可能是假的。也許葛西沒有援助交際，也沒有被敲詐勒索……葛西要殺掉那個男子，實則有其他的理由。爲了讓山本接下委託，才編造出跟山本類似的遭遇。

山本覺得自己發現了一個深不見底的坑洞。

那個男子又是誰？葛西要他殺的究竟是什麼人？

這時電話鈴響，嚇了山本一大跳。

「您該出發了。」

時間已過了五點。

山本用手遮住話筒，小聲地問道：

「五千萬元你準備好了吧？」

「是，已經準備好了。」

山本想起了銷戶的事情：

「錢你直接寄給我就好，明天一大早就寄過來，沒問題吧？」

「知道了，我會照做。」

「那就拜託了，請務必寄來我這裡——」

通話結束後，山本在心中祈禱對方遵守約定，彷彿他們的立場顛倒過來了。

到頭來，山本沒有問清葛西的身分。不過，現在時間要到了，也只好相信這麼一個可疑的傢伙，硬著頭皮行事。五千萬元近在眼前，馬上就要到手了。山本發誓要用那筆錢，重新挽回自己的人生。

決心已定，山本離開公寓。

夏日斜陽將盡，仍不死心地綻放熱力。

山本抵達池袋時已經六點了。

身體是騙不了人的，山本光是站著就氣喘吁吁、冷汗直流。他去麵攤強迫自己吃一碗麵補充體力，但不到五分鐘就跑去廁所吐了。

山本很需要慰藉。

他編了假名打電話到公司，請好子來聽電話。

明天中午能見一面嗎？

可是，山本說不出任何一個字。好子請來電者說話，聲音聽起來跟耳鳴一樣朦朧。

山本好想一頭埋在好子豐滿的肉體中。他渴望好子的慰藉，卻一言不發掛斷電話。

他不懂自己在想什麼，或許是不願連累到好子吧。他想起了靜江難過的表情，那難過的表情和好子的重疊在一起。

絕對不能殺人。山本反覆叮囑自己，經過車站內熙來攘往的人群。

22

山本前後去了三家咖啡廳打發時間，低頭看錶幾十次，等到九點才起身行動。應該說，他是聽命行動比較貼切。他穿過人群前往大塚一帶，眼中看不到繁華的街道，耳朵聽不見醉漢和年輕人的喧囂。

正式行動的時間是十點，山本滿腦子只想著這件事。

他按照之前來探路的記憶，前往高架橋下的停車場，廂型車停在最裡面的位子。他先四處張望，在保險桿下方找到車鑰匙，迅速開門進入車內。

副駕駛座下方有一個茶色的包包。

包包裡有全套的運動服、皮手套、運動鞋、塑料外套、電擊棒。銀光閃閃的利刃就包在報紙裡面。山本在腳邊試用電擊棒，電擊棒閃現炫目的藍光，發出驚人的爆響。

山本輕聲吆喝替自己壯膽，雙拳反覆搥打顫抖的雙腿。事先準備好的塑料繩和膠帶也塞入外套口袋了，幾經猶豫後，連刀子也放進口袋。他告誡自己，刀子只是拿來嚇人的，絕不能拿來用。

換裝完成後，山本在九點四十分踏出車外。他慢慢跨開步伐，佯裝在慢跑的樣子，還提醒自己不要跑太快。外套穿在身上很熱，今年夏天還沒結束，葛西這一點算錯了。

山本轉入巷弄中，離開洋溢青春活力的街道。接下來走的都是陰暗的道路，附近也看不到人影。

跑了一段時間，終於看到停車場旁邊的大樓了。突然間，山本又有想吐的感覺，他想靠意志力忍住，但晚了一步，胃酸已經衝到嘴裡了。他扒住一根電線桿狂嘔，地上盡是胃酸。

手錶顯示已經九點五十五分了。

山本按住腹部奔跑，而且越跑越快。他有一種類似義務的念頭，說什麼都不能遲到。

來到停車場入口，他多跑了兩、三步進入停車場內。兩棟商業大樓中間，剛好留下了這麼一個昏暗的空地。

紅色的富豪轎車已經在裡面了。

然而，山本一步也動不了。

他在口中唸唸有詞，對自己下達指示。這是在行善助人，我只是嚇嚇那個傢伙而已，絕不殺人。

心中的疑慮蛻變成了恐懼。

車子裡的人是誰？真的是四十多歲身材矮小的風流男子？還是——

山本低頭再看一眼手錶，已經十點五分了。

他命令自己快點行動。

首先，他戴上外套的兜帽，將調節鬆緊的繩子拉到最緊。接著壓低重心接近那輛車，車窗貼著黑色隔熱紙，看不到車內的狀況。山本吞了一口口水，口中還殘留胃酸的味道。他隔著口袋輕撫裡面的電擊棒，冰冷堅硬的觸感令他血液奔騰。

山本伸手敲敲汽車的玻璃窗。

車內沒有反應。

再敲一次，還是沒有反應。這次他握住車門把手，車子竟然沒上鎖。

山本直接打開車門。

——沒人……？

說時遲那時快，一股沉重的力道撞上他的背部。

山本反射性回頭，只見一名中年男子貼在他的背上。是個年約四十多歲的矮小男性，至於算不算風流倜儻，山本也說不上來，因爲男子呲牙咧嘴、一臉凶相。

剛才感受到的沉重力道，凝聚成局部的劇痛感。原來有一把刀子貫入他的體內，差不多就在腰帶的上方。

山本叫不出聲。

男子抽刀後退，從正面又來一刀。

這次換下腹部中刀。

山本彎下身子倒地不起，手肘泡在血水當中，男子駕車揚長而去。

誰來救我……

山本依舊發不出聲音，他想伸手求救，但只剩下手指能動。

全都顛倒過來了，殺人的一方竟成了被殺的一方。

失血過多，意識也朦朧不清了。

不過，有件事山本總算想明白了。

原來葛西想殺的人是他。

山本終於想起，自己以前聽過葛西的聲音。

「求您殺了那個男的！」

沒錯，他很久以前聽過同樣的一句話。對了，是在十三年前的法庭上——

23

刺殺山本的男子，當天晚上就被逮捕了。

警方接獲匿名的報案電話，有人看到渾身濺血的男子進入公寓，派出所的警察立刻出發抓人。

凶手名叫佐賀透，四十五歲。

部分刑警對這個名字並不陌生，也很清楚他那張俏臉下的眞面目。

佐賀十八歲的時候，夥同豬朋狗友攻擊一對戀人，不但強姦女方，還把男方凌虐致死，被法院判處五到十年的不定期刑。八年後重獲自由，在大宮地區結識了幫傭安藤美智子，從對方身上搾取大筆錢財，最後移情別戀。美智子不斷央求復合，佐賀不堪其擾，盛怒之下拿起菜刀殺死美智子。這次被判處無期徒刑，直到兩年前才假釋出獄。出獄後謊報歲數，進入牛郎店擔任男公關。

那家店的貴客大信田一美，也被佐賀迷得神魂顚倒。一美在東京經營十家美容院，經常在媒體亮相，是傑出的女強人。佐賀騙到了一棟公寓和高級轎車，每個月還有大筆的零用錢可花。

佐賀接受警方偵訊時，還死不認錯。

根據佐賀的說法，大約兩個月前有一名陌生男子打電話給他，威脅要把他幹過的事告訴大信田一美。佐賀不希望失去搖錢樹，因此答應付封口費。對方要求他用「葛西」的名義，把錢匯入指定的戶頭。而且敲詐不只一次，第一次十萬元，第二次三十萬元，第三次五十萬元，第四次一百萬元，不斷變本加厲。案發前幾天，陌生男子又打電話來，要求他支付最後一筆封口費，金額高達一億元。佐賀忍無可忍，對方又要求親自面交，他才決定抓住機會剷除後患。

警方調閱銀行的紀錄，儘管山本已經銷戶，但交易紀錄還是有留下來。匯款的狀況也和佐賀的供述一致。

因此，警方認定山本敲詐佐賀，反被佐賀殺傷，所以只要收到山本的死亡報告，就可以直接交由檢方起訴。

24

山本被送到醫院的加護病房。

他神智不清說著囈語，氧氣面罩蒙上一層白白的霧氣。

「……串間……串間……信子……」

25

天微微亮了。

串間義夫悄悄進入玄關，家中也多了一絲光線。

樓梯那邊傳來妻子的喊叫聲。

「信子！信子！妳還不出來！」

妻子發現串間回來了，紅著臉對他說：

「哎呀，老公！你看看，信子她現在才回家！」

「算啦，有回來就好。」

「她還是高中生耶，竟然玩到天亮才回家。拜託，換你去說她幾句，我講的話她早當耳邊風了——」

「知道了，交給我吧。」

串間爬上樓梯，信子的房間就在右手邊……

他打開房門，室內鴉雀無聲。

木製地板上，有女兒在世十六年來拍的大量照片。相框中有歡笑的信子，也有一臉正經的信子。

串間拿起其中一張照片。那是信子遇害前拍的，臉上掛著燦爛的笑容，站在一大片花海前面，撐著她最喜歡的紅傘……

串間下樓，輕輕推開客廳的門。

妻子愣愣地坐在裡面。

串間也坐到妻子身旁。

「山本洋司被殺成重傷了。」

妻子沒有反應。

串間抱住妻子的肩膀：

「妳忘了嗎？就是殺害信子的傢伙。他就快死了，我替女兒報仇了。」

妻子依舊雙目無神，一臉茫然。

串間深深嘆了一口氣。

渾身好疲倦。

從失去女兒的那一天起，他等了十三年。經歷漫長時光，終於報仇雪恨了。

「節子，聽我說好嗎？我想把這一切都告訴妳。」

「……」

「信子遇害的隔一年，我瞞著妳去參加座談會。」

那是心理治療團體召開的座談會，目的是替犯罪被害者的家屬治療心靈創傷。信子死了以後，串間整顆心都被掏空了，他抱著死馬當活馬醫的心情去參加座談會。

實際去參加座談會，他才知道自己根本不需要療癒。恨火在心中不斷翻騰，他痛恨那個殺死女兒的男人，也試圖在其他被害者家屬的臉上，找到一樣的恨火。

該死的山本洋司——信子死了，殺死信子的敗類，卻在監獄裡活得好好的，浪費人民的稅金。而且還裝出一副無辜的模樣，打算重返社會過正常的生活。因此，串間在法庭上痛心疾呼，請求法官殺了那個人。然而，山本只被判十二年有期徒刑。每每想起此事，滿腔的恨火就令他痛苦難當。

「我在座談會上，認識了一個叫及川的人。我們很投緣，聊著聊著就邀請對方一起去咖啡廳詳談。現在回想起來，或許及川就在找我這樣的人吧。」

及川在咖啡廳談起自己的往事。

二戰結束後，他在西伯利亞待了八年，好不容易拖著一條命回到日本，老婆卻改嫁給及川的弟弟。當年這樣的悲劇並不罕見，被關在勞改營的戰俘也沒法寫信回家，家人都以爲他們死了。於是，及川拋棄了故鄉，從此沒再結婚。沒想到，年過六十以後，他卻愛上了常來家裡的幫傭。因爲幫傭長得很像年輕時的髮妻。

可是，安藤美智子——愛上了一個專吃軟飯的敗類。及川多次告誡美智子，要她快點跟那種人分手，無奈美智子沒有聽進去。最後，那個敗類嫌美智子礙事，殺了她。

「及川得知那個人逃過死刑，便做了一個決定。不管等十五年還是二十年，他都要活到那個男的放出來，親自報仇雪恨——他的故事打動了我，因爲我也是一樣的心情。」

後來，串間主動拜訪及川，表明他想殺掉山本洋司，那種人不配活在世上。串間拋棄一切理性，把所有的心裡話都說了。

果不其然，及川就是在等串間這樣的人出現。他向串間透露自己的計畫，構想是挑撥山本洋司和佐賀透互鬥。佐賀在殺死美智子以前，也有殺人的前科。法律和司法制度縱放那樣的人渣，及川也想給司法難堪。

具體的手段是讓佐賀殺害山本。第三次犯下殺人罪，佐賀一定會被送上死刑台。及川可以利用國家，合法殺害佐賀，他很堅持這個方法。

兩人花了很長一段時間，精心安排計畫。

及川當上保護司，成功博得山本的信任。山本痛恨信子，對於普通上班族的身分有異常的執著。而且，山本依然眷戀已經離婚的妻子。

隔年，佐賀也出獄了。及川雇用偵探找出佐賀的蹤跡，得知他混入牛郎店，成爲女富豪的小白臉，過起了花天酒地的生活。

於是，他們認為時機成熟了。

串間打電話給山本和佐賀，展開了借刀殺人的計畫。

「山本中了我們的計。看他在苦海中掙扎，丟了工作和老婆，終日自暴自棄沉迷酒色，眞是太愉快了。他還傻傻地跑去池袋的停車場，絲毫沒料到自己會死在那裡。我就躲在陰暗處，偷看他被佐賀刺殺，渾身是血在地上爬……」

串間的眼中綻放異樣的鋒芒。

節子閉起眼睛，就好像坐著睡著了一樣。

串間也沉默了一會，臉上浮現一種大夢初醒的表情，接著低下頭說：

「只是，我犯了一個錯……我和山本在電話中聊太久了……」

串間靠近節子：

「妳知道嗎？其實信子當初懷孕了，是偵辦的警方事後告訴我的。那時候信子成天放蕩玩耍，徹夜不歸，也沒把我們的話放在眼裡。不過……我不敢相信她竟然懷孕了。我更不敢相信的是，她還為了籌錢墮胎去賣淫……」

山本有告訴及川整件案子的眞相——他是被賣春的女子陷害的。

「那一定是山本捏造的謊言。一開始……我是這麼想的……」

串間用力按住自己的雙眼：

「可是……跟他講過好幾次電話以後，我漸漸覺得他說的是眞話……」

串間牽起妻子的手，輕輕搖晃：

「他不是什麼窮凶極惡的罪犯，就只是個普通人。心靈脆弱……又禁不起誘惑……一個隨處可見的俗人。既不是禽獸，也不是心理變態……」

串間想起了山本在血泊中掙扎的表情：

「我下不了手……終究還是下不了手……所以我打了電話叫救護車……」

節子還是閉著眼睛，牢牢閉緊。

串間凝視著女兒的照片，那是三歲的信子，對著拍照的父母撒嬌，臉上充滿對父母無條件的信賴。

「我們一家子，也有過這樣幸福的時光……到底我們哪裡做錯了……眞希望還有重新來過的機會……」

26

客廳一向通風良好。

及川就這麼癱在沙發上。

白樺枯盡哭花白——

及川已經想不起來，這是誰創的回文。

喪失求生意志，客死異鄉的戰俘被稱爲白樺派。死去的戰俘就葬在白樺林中，由那些同樣奄奄一息的戰俘親手埋葬。

串間下不了手，這點及川老早就看出來了。

因爲見死不救的人，再也無法以人類自居。

跟平常一樣，及川一閉上眼就看到西伯利亞的大地。灰濛濛的天空下，是一大片殘酷的蒼白凍土。

白樺樹下究竟埋了多少骨瘦如柴的蠟白屍體？這一切是誰造成的？蘇聯？還是自己的祖國？

可是，在這個重拾自由的太平國度，美智子竟然死於非命，這又是誰害的？

早知如此，哪怕用上強硬的手段，也該娶美智子的。

及川感受到血液在雙拳奔流。

這一次，佐賀透一樣會被放出來。

及川已有了新的盤算。

一定要讓佐賀殺死第三個人。這次，就讓凶刀插入這副老邁的身軀吧。

及川幻想自己身亡的光景，安詳地嘆了一口氣，意識神遊在美智子和諸多戰友沉眠的凍土上。

27

休養了兩個多禮拜，山本總算可以自行走路了。

也差不多在這時候，他收到了一封寄到醫院的信件。那是串間信子的父親寄來的，上面寫下對方扮演「葛西」的心路歷程。

其中一段話令山本感觸良多。

原來，當年串間信子眞的有孕在身。

這件事帶給山本很大的衝擊。

他想起那一天，信子瘋狂索討金錢的模樣。

原來，信子是眞的被逼急了。

山本一直忘不了信子窮凶極惡的表情，現在得知眞相，他反而覺得信子很悲哀。

信件的最後，還有這麼一段話：

「就算小女有錯在先，我也絕不會原諒你。我會永遠恨你，直到你死去的那天。」

山本離開病房，他撐著牆壁行走，花了半小時才爬上屋頂。

大量的晾曬衣物隨風搖擺。

山本撕碎那封信，任紙片在風中飛舞。警察多次來醫院問案，但山本發誓絕對不透露一絲眞相。

這時，一股香氣自後方飄來，他回頭一看，屋頂的門口站了一名女子。是靜江。

兩人各自坐在長椅的兩端，靜江遙望遠方，看著比遠處的高樓大廈還要遠的地方。

靜江的聲音令人懷念，也讓山本認清了現實。

「我再過不久就要結婚了。」

「……嗯。」

「還有，這個還給你。」

靜江從包包裡，拿出存摺和印章。

存摺上印的名字，山本是第一次看到。

酒井正生——正生。正直做人，認眞生活……

山本似乎從這個名字當中，聽到靜江十三年前發出的哭喊。

存摺上的數字不斷增加，那是山本這兩年半來持續資助的金錢……然而，完全沒有提款的紀錄。

靜江開口時，依然凝望遠方：

「你有來習志野對吧？」

山本看著靜江的側臉：

「妳發現了？」

「沒有，我根本不知道。不過，我一回到家裡，正生說——爸爸傍晚來過一趟。」

山本頓時忘了呼吸。

「正生很激動地告訴我——爸爸他還活著，那個人一定是爸爸。」

「……」

「但我拜託你，請你別再來了。現在正生跟那個人關係不錯。」

語畢，靜江起身準備離開。

山本顫抖地遞出存摺，印章掉落在腳邊：

「求求妳，這個請妳拿去吧。」

「……」

「求妳了——拜託……」

靜江仰天輕嘆一口氣，伸手拿走了存摺。

高跟鞋的聲音遠去，靜江一次也沒有回頭。印章依舊掉在山本的腳邊。

山本決定持續匯錢給兒子。每個月匯兩、三萬塊也好，就算正生永遠用不到，他也想一直匯下去。

山本撐著椅背站起來。

現在，他只能獨自立足於天地，一個人走下去。

除了活下去，沒有其他選擇的餘地。再怎麼可悲的人生，也沒有放棄的道理。

山本抓住頂樓的護欄，慢慢走向門口。

一陣清風吹過，他這才發現自己的雙頰已濕。

那陣風，宣告著漫長的夏日終於結束。

情報來源

1

水島眞知子一起床感覺體溫有點高。她沒有量體溫，也不打算看醫生或吃藥。她一早就去警方官舍突襲採訪，採訪完又到縣警本部的記者室，迅速完成交通事故的統計新聞稿。中午隨便吃了一些，便開車前往南方的鷹見市，向當地居民打聽主婦凶殺案的消息。早上有三名部屬率先進入當地採訪，眞知子跟他們會合比對情報，接著趕到鷹見署參加「案發一週調查進展」記者會。全部忙完已過六點了。

日暮時分，天光未盡。眞知子一離開警署大門，按下手機的快捷撥號鍵，聯絡《縣民新聞》派駐在縣警本部記者室的單位。

「您好，這裡是縣民新聞。」

耳邊傳來東田組長百無聊賴的聲音。這次東田組長負責編纂縣內的百年犯罪史，因此無緣採訪凶案。

「我是水島，記者會結束了。」

苗條的眞知子穿著米白色的西服，她一面彙報工作，一面坐進車子裡。

「辛苦妳啦，有什麼消息嗎？」

「沒有，沒有值得一提的消息——」

眞知子隨手翻閱記事本，並沒有眞的細看上面的內容。記事本上只記錄了一些沒有新聞價值的數字，好比警方這禮拜動用的搜查人數、挨家挨戶問案的次數、熱心民眾提供訊息的數量等等……記者會上幾乎沒有記者提問，這點倒是跟平常一樣。記者會上其他同行虎視眈眈，沒人會在那種場合驗證自己辛苦挖來的消息。當晚拜會警方的幹部，才是眞正的決勝時刻。

東田也知道記者會有多空泛，馬上就換了一個話題：

「去當地採訪有收穫嗎？」

「是有挖到一點消息。那是矢崎打聽到的，眞要寫也不是不能寫……」

眞知子支吾其詞，這次她仔細看了一下記事本的內容。

那是案發當天的目擊情報，地點在被害者住家東邊五百公尺外的道路上。有一輛高速疾駛的深色轎車行經十字路口，一個過彎沒過好，車身側面撞上了酒鋪停車場的防撞杆。酒鋪老闆聽到撞擊聲，連忙外出查探，肇事車輛往縣道逃逸。

「時間呢？」

「大約是下午兩點半。」

警方估計，家庭主婦的死亡時間是下午一點到兩點。兩者似乎也不是全無關聯。

「店主有看到開車的人嗎？」

「只看到車輛肇逃，連車種都沒看出來。」

「這樣不夠啊。」

「是，況且離案發地點有一段距離。」

「警方知道這個消息嗎？」

「店主有主動交出防撞桿供警方調查。鑑識人員也在肇事現場用特殊的吸塵器收集可供鑑識的物證。」

「是嗎？那應該能用。妳待會聯絡主編，把原稿傳過去——今天大概也是用這則新聞當頭條。」

「不會吧？」

眞知子不小心發出詫異的聲音。

這則消息當成普通小新聞來報還沒關係，畢竟肇事逃逸的犯人有可能是殺人案的凶手，再者新聞界有個不成文的規定，只要是大眾不知道的事情，就有寫出來的價值。可是，案發後搶先報出這則新聞也就罷了，現在案子已經過了一個禮拜，把這種亂槍打鳥的消息當成社會版頭條，根本是主動成爲業界的笑柄。

「這則消息沒法當頭條用啊。」

「管妳有沒有辦法，做就對了。編輯會議已經決定了。」

——已經決定了……？

眞知子感到愕然。還不知道第一線會回傳怎樣的原稿，就先決定明天早報的版面？當然，眞知子也非常清楚，這場市占率爭奪戰，已經到了退無可退的生死關頭。饒是如此，這種做法未免也太荒謬了。

「這則消息，頂多只寫得出短短幾行的小新聞。組長，請你跟上面的說一下。」

眞知子話一說完，東田很做作地嘆了一口氣：

「講這些有屁用啊，現在在打仗耶。」

東田的答覆，儼然不是稱職的記者該說的話。東田年僅三十二，憑著諸多的採訪功績爬到組長的位子，也深受外部人士的信賴。作爲一個記者，他有很多値得學習的地方，眞知子也相當仰賴他。

眞知子緊握住手中的行動電話：

「這我知道，但——」

「知道就照辦啊，妳不做誰來做？」

——這話什麼意思……把責任都推給我？

眞知子沉默以對，東田發出不耐的咂嘴聲，直接掛斷電話。

這場在鷹見市開打的市占率之爭，起因是眞知子三個月前寫的一篇報導。

那是幼兒溺水身亡的意外。住在鷹見市西區縣營住宅的三歲男童，竟然在離家八百公尺遠的農業水道溺斃。男童睡完午覺醒來，發現母親不在家，便獨自外出找人。眞知子沿著男童走過的路徑查訪，途中有親子同歡的兒童公園，還有歷史悠久的商店街。據說，男童一路嚎啕大哭，有好幾個大人看到，也有人主動關心，就是沒有人牽起他的小手，帶他去找媽媽。眞知子記得寫那篇新聞稿時，非常用力地用指尖敲打鍵盤。地方社會不再有人情味，這場悲劇本來有機會阻止的。

眞知子寫的那篇頭條，標題還打上「人情冷暖」幾個大字。其他報社只當成一般的溺水意外來報導，因此，這篇新聞雖然不是獨家，縣民新聞的編輯局還是感到很自豪。

不過，幾天後他們自豪的情緒蕩然無存。被新聞批判的當地居民聯合起來，發起拒買《縣民新聞》的運動。八卦小報一聽到消息，又故意寫成很聳動的報導，鬧到全市十五萬市民都知道了。眞知子的報導並沒有錯，但經營狀況不佳的縣民新聞，不能坐視客源流失。公司的高層連忙前往當地，到處遊說了一堆推託之詞，只差沒道歉謝罪。高層說，寫那篇報導的是個小女生，有意氣用事之嫌云云。

眞知子自然免不了受傷，但縣民新聞眞正的惡夢還在後頭。

銷量高居全國之冠的《東洋新聞》趁火打劫，派了大量的業務團隊來到鷹見市，訂購三個月就送一台自行車，退掉《縣民新聞》再送一台打氣機。迅雷不急掩耳的行銷戰術，殺得縣民新聞措手不及。業務團隊還用陰險的話術，散播各種不實的謠言，人們謠傳縣民新聞很快就要倒了。

敵人不光是全國性的大報社，在地的《縣友時報》也採取行動了。縣友時報家底雄厚，足以和縣民新聞分庭抗禮，如今也加入這場區域戰爭。他們擴編鷹見分局的人力，增設新的版面專門介紹鷹見市的新聞。新版面塞了一堆不入流的街坊新聞，連續幾天投放到訂閱《縣民新聞》的家中，供人免費閱覽。上面還附了訂閱申請書，內容比報紙本身還扎實。

縣民新聞連防禦戰都打不好，既沒有資金附送豪華禮品，也沒有餘力擴編人力。簡單說就是任人魚肉，這種無能為力的狀態持續了三個月，銷量少了五千份以上。

當此危難之際，也難怪縣民新聞的經營層，會把鷹見市的主婦凶殺案視為收復市占率的大好機會。

基層記者受命去搶獨家，還有不能輸的壓力。上面的要他們盡可能寫得詳盡一點，吸引更多讀者。然而，這些命令主要來自高層和行銷部門，而不是編輯局內部。常跑縣警本部的四名記者，專門追蹤這起凶案，由年長的眞知子負責指揮調度。編纂縣內犯案史的東田組長無緣追案，也同樣是高層下達的命令。理由是介紹犯罪案的書籍比較好賣。

版面編排簡直到了譁眾取寵的地步，案發頭兩天還擠掉頭版的政治新聞。從第三天到今天已經整整四天了，每天都用這則新聞充當社會版頭條。或者應該說，細膩的報導內容是地方小報對抗大報社的生命線，也是慣用伎倆。況且這次凶案是一名二十六歲的家庭主婦，在大白天被人亂刀殺害，警方也都還沒有犯人的線索。確實，這起主婦凶殺案是最棒的題材，也經得起連日獨挑大樑。更不用說，東洋新聞和縣友時報也加重報導力度，打算對縣民新聞造成更大的打擊。問題是——

眞知子發動引擎，放倒駕駛座閉目養神。眼瞼在抽搐，全身上下好像有蟲子在亂爬。無數的節足和觸鬚刺激著她的神經，令她心頭火起。

所謂的人窮志短、國窮則亂，大概就是這麼一回事吧，實在太可悲了。記者屈服於高層的壓力，放棄新聞編輯權，盡寫一些刺激銷量的報導，把鼻屎大的消息當成大新聞來報。不，其實大家心知肚明，報導寫得再聳動也救不回銷量。那麼，打這場愚蠢的消耗戰究竟意義何在？

天色已經變暗了，眞知子隔著擋風玻璃，看到幾張熟面孔走出警署的大門。是每日的記者……還有產經……讀賣……朝日……東洋……時報……其中幾個人也看到眞知子，他們的眼神都一樣，那是馬拉松跑者偷看其他跑者有多疲憊的眼神。眞知子自問，她的眼神是不是也跟那些人一樣？

眞知子緩緩按下快捷撥號鍵，直接打給總公司的進藤主編。既然組長沒作爲，那只好反應給上面的主編了。

沒一會，耳邊傳來清亮的男中音：

「唷，原稿寫得怎樣？」

「關於這件事，我手邊沒有堪用的題材。頭條用我上午交的交通意外統計可好？」

「別鬧了，頭條要用主婦凶殺案。」

「不是，我眞的沒有好題材——」

「剛才矢崎告訴我，你們不是有挖到深色轎車的消息嗎？」

——那背骨仔。

矢崎年紀比眞知子小，卻很懂得討上司的歡心。他一定是趁眞知子參加記者會，向主編炫耀自己的功勞。

「這消息不錯啊，別管行數夠不夠，能寫多少盡量寫。」

「寫不出太多東西的，有可能只是單純的肇事逃逸，或是暴走族飆車罷了。」

「萬一眞的是重要消息怎麼辦？警察也在追查那條線索了，妳有啥不滿的啊？」

「警方搜查碰壁，再沒用的消息他們也得查啊。」

眞知子再也顧不得口氣，進藤沉默了一會，清亮的嗓音也多了幾分敵意：

「妳嫉妒下面的挖到好消息喔？」

「蛤……？」

「這消息是矢崎挖到的，所以妳才不想用是嗎？」

「我沒有……」

「難怪沒人服妳。對他們好一點，多鼓勵他們。案子不是靠一個人追的好嗎。」

眞知子一聽到這句話，滿腔的鬱悶和不滿頓時爆發出來：

「那好啊——」

眞知子一度哽咽：

「拜託你叫矢崎寫，我寫不出來。」

進藤也火了：

「王八蛋！這件案子是妳負責指揮調度，少在那嘰嘰歪歪，快點給我寫出來！」

眞知子曾經很崇拜進藤直白的說話方式，以及那鏗鏘有力的罵人聲。進藤說過，記者是看功績晉升的，跟性別沒有關係。眞知子剛入報社的時候，時任採訪組長的進藤，一直都是這樣鼓勵她的。可嘆的是，後來居民發起拒買運動，剛當上主編的進藤前往當地說明，卻把一個入行七年、跑社會線四年的優秀記者，貶抑成不諳世事的小女生。

眞知子拿起副駕駛座上的筆電，整張臉火辣辣的，或許眞的發燒了吧。她打開電腦敲打鍵盤，打下深色轎車、肇事逃逸等字……情緒變得更加暴躁了。遙想迎新典禮那一天，眞知子害羞地發表抱負，她說要用自己的報導，替弱者發聲。而今，她完全沒有心力去思考，那個留下一歲女兒撒手人寰的主婦，究竟有多不甘心。

2

窗外景色昏暗，住宅區的微光侵蝕著田園深沉的夜幕，車燈劃開明暗夾雜的縣道。眞知子一路疾行，彷彿要追回那篇用電腦寄出去的原稿。

原稿寫完了，卻又多了另外一個工作，那就是驗證新聞內容。警方可能已經找到肇事逃逸的「深色轎車」，撇清這件事和主婦凶殺案的關聯了。要眞是這樣，可不是一句丟臉就能了事的。縣民新聞等於是在明天的早報上，把一個完全無關的人當成嫌犯大書特書，再也沒有比這更愚蠢的事了。

這是有可能發生的風險。

警方應該在第一時間就接到酒鋪報案，所以鑑識人員在現場採集到的鍍膜，應該已經分析出車種和年分了才對。再來就是製作車輛搜查清單，開始查緝肇事車輛。這份工作必須一一比對擁有同款汽車的所有車主，多半要耗上大把的時間和人力。好在肇逃車輛開往的那條縣道，有自動掃描車牌號碼的監視系統，俗稱「N系統」，這點算是警方走運。如果系統拍到肇逃車輛的車牌號碼，警方再比對車種、年分等資料，用不了多久就能鎖定那輛「深色轎車」。

總而言之，得找警方的幹部驗證消息。晚上九點半，眞知子加重踩油門的力道，焦急的心情稍微抑制了不爽的情緒。

夜晚的行政中心，只有稀疏的燈火。

眞知子開過縣民新聞的總公司大樓，前往縣廳大道的方向。車子在第三個紅綠燈左轉，爬上一段長長的斜坡後，前方出現高級住宅區的輪廓，那裡被稱爲「官邸銀座」。

車子開過知事官邸……地檢所所長官邸……地檢檢事正官邸……縣警本部長官邸……眞知子要找的刑事部長官邸，還要開過五間宅邸才會到。拿不入流的消息去請教刑事部長，實非眞知子所願，但也顧不了那麼多。現在這個時間，部長以下的幹部都還在鷹見署的會議室開會，主婦凶殺案的搜查本部就設在那裡。

跟平常一樣，眞知子將汽車停在神社後方的空地。已經有人搶先一步了，是讀賣和縣友時報的車子，人倒是不在車上。他們也是來找刑事部長的吧？也有可能是來堵其他幹部，因爲每個人手上的消息不同。眞知子跑過陰暗的道路，橫下心來按刑事部長家的門鈴。

隔了好一段時間，刑事部長才出來應門。年近六十的中年人走路，或許要多花一點時間吧。宇佐美部長似乎才剛到家，身上還穿著西裝：

「喔喔，我還想是誰來了，這不是未來的採訪組長小眞嗎？」

每個記者剛認識宇佐美部長時，都以爲他是全日本最好打交道的刑事部長。可是，這個人以果敢的搜查指揮聞名，近乎剽悍蠻勇的地步，從來就沒讓記者猜透他的心思。

「抱歉，您累了一天還前來叨擾。」

眞知子先盡了禮數，同時很刻意地往門內看了一眼。門內有一雙茶色的皮鞋，是縣友時報的佐藤組長來了。

宇佐美也轉頭看著那雙鞋：

「你們要一起問消息嗎？」

「不，我這邊三分鐘就完事。」

眞知子先低頭致謝，宇佐美反手關上拉門，以防隔牆有耳。

「所以妳有什麼要事啊？難不成要來跟我核對主婦凶殺案的犯人身分？」

「我也希望是那樣。」

眞知子按捺陪笑的衝動，壓低音量問道：

「我是想問深色轎車的事情，案發當天附近不是有一起肇事逃逸嗎？」

「啊，妳說那件事啊……」

「請問，警方已經找出車主了嗎？」

「沒有，還沒有。」

宇佐美的語氣像在顧左右而言他。只不過，他說完後盯著眞知子猛瞧：

「是說，小眞啊，你們那邊沒問題嗎？」

「嗯……？」

「剛才東田老兄也來問一樣的事情喔。」

眞知子有種被打入深淵的感覺。

是進藤主編派東田組長來的。兩個小時前，進藤明明說這件案子由眞知子負責，結果又出爾反爾。

眞知子急怒攻心，一時說不出話來。面對宇佐美冷靜的洞察視線，她現在沒有餘力去隱藏心中的動搖。

就在眞知子打算離開時，宇佐美開口了：

「小眞，妳幾歲了？」

「咦……？」

「我問妳幾歲啦？」

「是喔，那妳還是穿保暖一點比較好。不然身子凍壞了，以後可生不了小孩喔。」

「啊，呃，我二十九了……」

3

眞知子夾著尾巴逃離部長官邸。

她驅車狂飆，在北部環狀線上高速行進。

耳邊似乎還聽得到進藤主編是如何數落她的。

水島那傢伙好像快不行了，東田你去關照她一下吧。

東田接獲主編的命令，也沒先知會一下就去部長官邸，令眞知子非常難堪。東田無緣追蹤這起主婦凶殺案，心裡很不是滋味。眞知子顧慮到對方的感受，她可以不聯絡東田、不尋求指示，但她還是做了，該顧的面子也顧到了，結果卻受到這樣的對待。

矢崎也很該死，竟然把眞知子當成會搶部屬功勞的人。眞知子一向謹守本分，就算再忙再累，也一定會向主編回報部屬的功勞。然而，矢崎還是不把眞知子當一回事，動輒要些扯後腿的小手段，這種部屬是要怎麼關照？怎麼鼓勵？

眞知子用力握住手中的方向盤。

其實她也明白，男人都希望大案子由他們來追，女人跑來插一腳只會惹人嫌。

眞知子和哥哥、姊姊的年紀有點差距，小時候常跟大孩子一起玩踢罐子或鬼抓人。眞知子玩得很認眞，總是踩著搖搖晃晃的步伐拚命逃跑。跌倒了就哭，被抓了就生氣，最後又笑開懷。每次被抓也不會有人要她當鬼，她就是一個可有可無的存在。眞知子小時候沒發現大家是這樣對她的，反而過得很幸福。

而現在，她活在一個由男人制定規則的世界裡。搶新聞搶輸其他報社，上頭的人也不會眞的責怪她。那些男人只是假裝生氣，內心都鬆了一口氣，因爲這樣男人就可以說，凡事交給他們來就好。如果情況顚倒過來，又會是什麼狀況？眞知子曾經相信，只要挖到獨家就會受到認同和讚賞。不過，現實完全不是這麼一回事。男人看到她立功就沒給好臉色，讚美也是言不由衷，活像在哄小孩一樣，私底下都講得很難聽——女人眞好，出賣色相就有獨家了。

追蹤大案或許是男人的浪漫吧。他們只是礙於潮流，不得不接受女人加入，實際上還是想保有既得利益，死都不願放手。男人辛辛苦苦建立起來的競爭環境，是一場刺激、鬥爭、本能的愉悅遊戲，說什麼都不能讓長髮、香水、絲襪的光澤玷汙。

進藤、東田、矢崎很清楚這點，一直都很清楚。

眞知子橫打方向盤。

車子開往燈火通明的郊區書店，今天她本來是不打算去那裡的，但車子還是開進了書店後方的昏暗停車場。

走進書店的自動門，有三、四個不會上網的中年人在成人雜誌區找樂子……他們端詳了一下眞知子的臉孔和身材，又低頭欣賞雜誌裡的巨乳。

這時口袋裡的手機發出震動。

「啊，水島嗎？我是大竹啦。」

耳邊傳來大竹整理部長陰柔的嗓音：

「那篇深色轎車的報導啊，可不可以直接寫成黑色啊？不然平假名的字數超過了。」

「當然不行啊，請照原稿編排。」

「別這麼說嘛。」

「不然你去問矢崎，這個消息是他挖到的，恕我不奉陪了。」

大竹連忙阻止眞知子掛電話：

「啊啊啊，對了，剛才有人打電話找你。是男的，也沒說是誰，妳心裡有數嗎？」

眞知子掛斷電話，手指顫抖地抽出求職情報誌。她翻那本雜誌已經翻好幾天了，不管怎麼翻，這個小都市也沒有好的新工作。明知如此，她還是翻個不停……眼睛拚命追逐著小小的文字。

店內響起了營業時間結束的音樂，已經十一點了。拿著雜誌的男客紛紛走向結帳區，眞知子站在文具區，心臟劇烈鼓動，鬱悶的心在瘋狂尖叫。

快，趁現在下手。

眞知子跑出書店，回到車上。

流汗的掌心握著一塊橘子形狀的小橡皮擦。公寓的書桌抽屜裡，還有草莓形狀、蘋果形狀、葡萄形狀、檸檬形狀、鳳梨形狀的。

——我在幹麼……

眞知子一臉絕望地環視陰暗的停車場。

她在找一個女子。

這起主婦凶殺案，她想挖到獨家的消息，而且是不容質疑的決定性消息。

那是一種近乎渴望的情緒。眞知子想在這件案子立大功，讓進藤、東田、矢崎敗得灰頭土臉，這樣他們在死鴨子嘴硬的時候，就會體認到自己有多可悲。順便也給東洋新聞和縣友時報一點顏色瞧瞧，結束這起主婦凶殺案和市占率爭奪戰。眞知子需要一個決定性的重大消息，來忘掉一切不如意。

只要見到「她」，這一切就會成眞。

可惜，那個隱密的情報來源今晚也沒出現。

眞知子長嘆一口氣，將車子開上北部環狀線。離開環狀線就是汽車旅館區，再開一段距離就會抵達搜查一課課長、鑑識課長、強行班班長的官邸。眞知子一直在想「她」，那個人到底在做什麼？想什麼？她忘記眞知子了嗎？

就在這時候，通往搜查一課課長官邸的轉角處，突然衝出一輛車。兩輛車差點撞上，眞知子趕緊踩煞車。

「抱歉，沒事吧？」

對方驚險閃過眞知子的車子，探頭表達關心之意，原來是東洋新聞的草壁。

「呃……沒事。」

「對不起、對不起，我久沒開車了。」

草壁大約三十五、六歲，被自家人稱爲「老大哥」，算是有一定的地位。調離東京以後，又回到年輕時待過的分局，負責統領底下的記者。

「看樣子是沒受傷啊。」

草壁似乎不以爲意，他一下車就扶著眞知子的車頂，將臉湊向車窗。

「我沒事。」

眞知子別過頭，準備開車離去。東洋新聞在這場市占率爭奪戰中無所不用其極，草壁可是東洋新聞的人。平常他們在記者室或案發現場碰面，也沒打過什麼招呼。

「我先失陪了。」

「啊，請等一下。」

草壁伸手按住眞知子的肩膀。

「你……還有事嗎？」

眞知子反射性縮起身子，還瞪了草壁一眼。

「剛才我有打電話給妳呢。」

——打電話？

眞知子想起剛才大竹提到的「男子」。

「啊，所以是你打給我？」

「對，有件事我想跟妳好好談一下。」

「有事要找我談？什麼事？」

眞知子重拾戒心，狐疑地看著草壁。

草壁微笑道：

「水島小姐，妳願不願意來我們這裡？」

「蛤？」

「其他縣市有缺額。怎麼樣？想不想在東洋新聞大展身手？」

那瞬間，內心的鬱結不滿全都蕩然無存了。

4

眞知子的世界徹底改變了，連自己凌亂的房間，也變成舒適又明亮的場所。

同一個字眼在她腦海裡又蹦又跳。

挖角。其他報社來挖角，而且是銷量高達八百萬份的全國性大報社來挖角。

眞知子踩著得意的步伐，從冰箱拿了一罐啤酒出來。咕嚕一聲大口灌下，冰涼的啤酒沁入心脾，說不出的爽快。

我們公司需要妳這樣的人才。對方當著她的面，表達了對她的器重。水島眞知子這個地方小報的記者，得到了業界知名的大報社認可。入行七年，縣民新聞從來沒有認同眞知子作爲一個記者的能力，沒想到敵對的東洋新聞，竟然以挖角這種最棒的形式展現了他們對她的讚賞。

挖角本身並不罕見，挖走地方報社的優秀記者來塡補缺額，這是大報社常用的手段。縣民新聞過去也有人才被挖走，眞知子就認識三個被挖走的前輩。

不過——沒錯，三個前輩都是男的，這是頭一次有女記者被挖角。其他縣市有這樣的例子嗎？至少就眞知子所知是沒有，這帶給她一種本能上的愉悅。女人的身分一直以來只是痛苦的負擔，但現在看來，女人的身分反倒是快樂的泉源，眞是太諷刺了。

草壁要她在兩、三天內答覆，上級等著見她。眞知子覺得根本不需要考慮，她的心早就已經飛向東洋新聞了。

而且完全沒有留戀。

縣民新聞快撐不下去了，表面上和縣友時報分庭抗禮，但縣友的銷量是四十萬份，縣民新聞的銷量只有對方的一半。不，早就跌破二十萬的警戒線了，廣告收益也大幅減少。泡沫經濟崩潰後，縣內許多贊助商也懶得做人情，都把案子給廣告效益較好的縣友時報。縣民新聞情急之下，賤價出售廣告欄位，價格不到行情的一半，甚至更低。

晚報拖垮公司營運，前年就廢了，營收不見起色的出版事業也收掉了。可是，收掉不賺錢的單位同樣是杯水車薪。眞知子加入公司這幾年，縣民新聞就換了三個老闆。現在的老闆是家電量販店的創業者，在全國三十個區域都有店鋪，據點在本縣。新社長打算搶占資訊產業的大餅，所以才多角經營報社。不料這是天大的失算，縣民新聞的情報資產、情蒐能力、人脈網絡，沒有一項夠格。新社長就任半年，曾經在幾場財經界的聚會上，公然宣稱自己買到了一個包袱。顯然縣民新聞隨時可能失去老闆，一旦沒了老閪，大概短時間內也不會有買家了。

最糟糕的是，經營不善也毀了這家報社唯一的商品，那就是報紙。

不必舉市占率爭奪戰的例子，就看得出一些端倪。編輯單位的主管只會逢迎上意，看高層的臉色編排內容。不只記者的士氣萎靡不振，其他的編輯員工也一樣。有意見的人統統調去業務部門，等於拐著彎叫他們少抱怨多賺錢。現在的編輯單位，只是一個死抓著編輯頭銜和記者名片的可悲團體罷了。

眞知子終於有機會脫離這種困境了。

她脫下衣服撲到床上，盡情伸展四肢。

如果眞知子說出自己被東洋挖角，那些人會是什麼反應呢？先說東田組長好了，他是個很有野心的人，一定會嫉妒眞知子，氣到一句話都說不出口。那矢崎呢？大概會心有不甘地咬著嘴唇，渾身發抖忍受屈辱的感覺吧。搞不好還會酸葡萄心態，冷嘲熱諷幾句吧。

至於進藤主編……

很久以前，他們曾經同床共枕，進藤還稱讚眞知子是個好女人……進藤主編得知挖角的消息，一定會有強烈的喪失感。眞知子將邁向更寬廣的世界，丟下那個只能跟沉船共存亡的男人。對，丟下他傲然離去。到那時候，眞知子就不再只是他開苞的女人，也不再是不諳世事的女記者。

跳槽到東洋不只能拋下進藤，還能一併拋下所有討厭的人際關係。

眞知子閉起眼睛，酒力發作的腦袋想起了平日面對的警察，他們也活在男人制定的遊戲世界中。宇佐美刑事部長、搜查一課課長、鑑識課長、強行班班長……這些警察也會很訝異吧，他們都把眞知子當小女生看待。眞知子深夜拚老命去找他們核對消息，他們只會露出一種「女孩子別讓父母擔心」的表情。假如他們知道眞知子被東洋挖角，一定會認爲自己有眼無珠，對眞知子稍微改觀吧？或許還會送點餞別禮？

跳槽去東洋新聞，還有機會追蹤案件嗎？眞知子突然想到這個問題。她是中途跳槽到全國性的大報社，因此一開始應該會分發到小都市的分局。到陌生的土地採訪警察，要重新記下那些警察的名字和習性。平日來往於自家和官邸，連晚上都要跑去核對消息，沒法好好地休息。

這也無所謂，她是眞心這麼想。重點不是工作的內容，而是能在一個眞正需要自己的地方工作。公司對她抱有期待，她也願意努力回應這分期待，這才是眞知子追求的。況且這次跳槽是在同一個業界，眞知子在縣民新聞遇到的不平不滿，想必在東洋新聞也會碰上吧。然而，她相信自己做得下去。只要有被需要的自覺和尊嚴，絕對能撐下去。眞知子算是徹底明白自己的心思了。

轉念及此，眞知子激昂的心情閃現一絲疑慮。

——爲什麼會看上我……？

爲何東洋新聞想要挖角眞知子？

爲何不是挖角別人，偏偏挖角她呢？

是她追蹤案件的能力特別優秀嗎？不，這個推論並不成立。單論挖到獨家的數量，東田要比她高多了。雖然不願意承認，但矢崎挖消息的能力也比眞知子高超好幾截。那麼，是報導的內容或採訪態度，深得東洋的青睞嗎？例如，那篇引爆割喉戰的幼兒溺水報導，在東洋眼中是不是一篇經過詳實查證，而且文情並茂的好報導？

如果是的話，那確實是件值得高興的事。可是，眞知子不太敢肯定。從客觀的角度來看，她眞的是其他報社都搶著要的優秀記者嗎？對此，她眞的沒有自信。說其他同事的缺點很容易，但要說自己有什麼優點比同事強，眞知子也答不上來。所以，東洋挖角她的依據是什麼？有什麼特別的理由嗎？若眞有這樣的理由……

一股寒意竄上眞知子的背脊，她慢慢撐起身子，想到了一個可能性。

東洋要的，可能是她的情報來源。

眞知子想起進藤告訴她的一個老故事。進藤的前輩同樣被東洋挖角，那位記者的採訪手腕很高超，尤其擅長追蹤搜查二課處理的犯罪案，也就是貪汙瀆職或詐欺這類的案子。當時還是菜鳥的進藤，在送別會上拜託前輩提供情報來源。可惜，那位前輩死都不肯說。本來東洋很不擅長採訪二課負責的案子，不久後東洋就開始搶到相關的獨家了。

眞知子有種不寒而慄的感覺。

東洋察覺到「她」的存在，而且想得到這個情報來源。

「她」，就是地檢刑事部庶務組的佐伯美佐江。

從她身上確實能挖到最棒的消息。例如，警方將要逮捕主婦殺手的消息。

5

「《朝日》和《產經》都沒消息。」

早上六點，眞知子在床上接聽部屬織田打來的電話，同時粗魯地翻開《讀賣新聞》和《縣友時報》。這兩份報紙也沒重大消息。互相核對完以後，眞知子掛斷電話，隨即又有人打電話來。是剛入行一年的菜鳥加納宏美。

「《每日新聞》沒有重大消息，《東洋》倒是有一篇奇怪的報導。呃，我唸一下喔。」

宏美的語氣聽起來有些僥倖，她的女性本能很清楚，就算新聞搶輸其他報社，她也不會被上頭責罵。所以該死的不只有那些臭男人，就是有這種女記者，女人才會一直被看不起。

《東洋新聞》寫的是主婦凶殺案的鑑識情報，斗大的標題寫著「犯人的血型是AB型」，下方還有一個小小的問號。報導的摘要如下，案發的客廳地毯上採集到AB型的血跡。被害人的血型是A型，她的家人和親屬也沒人是AB型。可能是凶手犯案時和被害人發生衝突，才會受傷留下血跡。

倘若消息是眞的，那就得跟進這條線索，寫後續的追蹤報導。每十個日本人只有一人是AB型，這是鎖定嫌犯的重大線索。眞知子一邊盤算，一邊整理服裝儀容。整裝完畢後開車前往鑑識課長官邸。

眞知子非常冷靜，連她自己都感到訝異。搶新聞搶輸人，平常一定會氣到連闖兩、三個紅燈。然而，現在她一點都不生氣。直到昨天她還很厭惡東洋新聞，才過一個晚上，她已經不再敵視東洋新聞了。

除此之外，還有一些不可思議的感覺。平日看慣的北部環狀線、田園景色、沒亮霓虹燈的白色賓館外牆……這一切看起來都有種懷念的感覺。或許，是她已經決定要拋下這一切的關係吧。

鈴木鑑識課長刷牙的力道之重，活像在對付殺父仇人一樣。眞知子隔著敞開的盥洗室窗戶採訪對方：

「早安課長——東洋的早報你看過了嗎？」

「喔喔，還沒，但有接到聯絡。」

鈴木很生氣：

「我都跟他們說不要寫了，搞什麼飛機啊。還有，那個血跡有點時間了，我還特地叮嚀過的。」

看樣子那也是一篇趕鴨子上架的新聞。東洋也明白市占率之爭的重要性，勉強寫一些聳動的新聞來吸引買氣，只是程度沒有縣民新聞來得嚴重。

眞知子低頭告辭，就在她轉身準備離開的時候，突然想到自己再也不會來這裡打聽鑑識的消息了。

眞知子依照平日的習慣做事。她一早去拜訪那些調查主婦凶殺案的刑警，接著採訪綜合鑑識中心的落成典禮。在便利商店的停車場吃完早餐後，開車前往縣警本部大樓。到了四樓記者室，縣民新聞的專用區只有加納宏美一個人。宏美的心情會顯現在當天的穿著上。這天她穿的是帶有花紋的長裙。現在穿裙子的女記者已經很少見了，還穿得這麼花俏，實在太不得體。

「前輩，東洋的報導怎麼樣？」

「不怎麼樣。」

眞知子冷淡回應，宏美縮起下巴，楚楚可憐地仰望眞知子。這是宏美的招牌動作，經常在那些鐵血警官面前展露。眞知子一再告誡她，採訪新聞時要放下女人的身段，偏偏宏美還是死性不改。永遠一副纖弱的模樣，配上撒嬌的口吻，有必要還會掉幾滴清淚。

宏美走過眞知子身旁，濃厚的香水味撲鼻而來。

壓抑在體內的不爽情緒又蠢蠢欲動了，眞知子有種恢復平常心的感覺。加納宏美就是一個等著被拋棄的存在。

每家報社的記者擠在公共區域，他們都在沙發上看報紙，還故意在桌上攤開《縣民新聞》的社會版。版面上有幾個斗大的標題，「深色的可疑車輛」「高速逃逸」「警方正在調查與凶殺案的關聯」，一個小新聞當成大新聞來報，實在令人難爲情。那些記者神閒氣定，他們一大早就拜訪過警察了，也知道東洋新聞和縣民新聞的報導不値一提。

眞知子一顆心靜不下來，她稍微打開隔間的門，想看看東洋的草壁有沒有來。畢竟他們昨晚只是剛好在工作時碰面，小聊一下而已。眞知子想知道跳槽的待遇，還有詳細時間，順便釐清自己會被調到關東、中部，還是東北。且不論待遇如何，她是鐵了心要跳槽，但什麼條件都不問，直接答應對方挖角，又顯得自己很廉價。說句老實話，眞知子想要再聽草壁親口說一次，也好放心，最好能問出東洋要挖角她的理由。昨晚她徹夜難眠，一方面是被挖角搞得興奮到睡不著，另一方面則是很在意情報來源的問題。

在此之前，眞知子認爲有必要去見佐伯美佐江一面。佐伯美佐江和其他情報來源是完全不一樣的存在。

眞知子看了宏美一眼，她整個人幾乎貼在電腦上，絞盡腦汁撰寫小小的犯罪新聞和意外報導。

「加納，妳有空去當地打聽主婦凶殺案的消息嗎？」

「我是很想去，但十點有案子要開庭審理耶。」

眞知子早知道宏美會這樣講：

「那好，法院我替妳跑。」

宏美一聽到這句話，差點就要額手稱慶了。宏美的個性就是靜不下來，去法院採訪對她來說簡直是拷問。

眞知子改好綜合鑑識中心落成的新聞稿，離開記者室走向電梯。正好電梯門開了，裡面走出一個身材高大的男性，正是東洋新聞的草壁。

眞知子慌張到連自己都有點傻眼，草壁小聲地對她說：

「啊，沒關係，不用急著回答我。」

「好……」

電梯離記者室沒多遠，挖角的話題不適合在這個地方談。不過，眞知子走過草壁身旁的時候，還是忍不住問了一句：

「請問……爲什麼是我？」

「咦？」

「我是說，爲何邀請我去……」

草壁微微一笑，悄悄說道：

「因爲妳有很棒的東西。」

眞知子默默點頭，慢跑離開現場，而且是走樓梯下樓。

她的臉很紅，連耳根子都紅透了。

——我這反應，不就跟小女孩一樣嗎？

不曉得內情的人聽到剛才的對話，肯定會以爲是男女之間的情話。不，這麼說也沒錯，那些外遇人妻大概就是這樣的心境吧？明明有了縣民新聞這個丈夫，拿丈夫的錢過日子，心裡卻向著東洋新聞。

離開縣警本部大樓，眞知子急忙前往地方法院。

草壁是這麼說的，因爲妳有很棒的東西。他指的是記者的資質或能力吧，眞知子希望是這樣。可是，這是一句很曖昧籠統的話，也可以解釋成眞知子的情報來源。不，那句話一定包含情報來源。人脈是記者的資產，社會記者的資產則是情報來源。美髮師跳槽的時候，也會一併帶走熟客不是嗎？所謂的挖角，就是連帶挖走那個人擁有的一切。

再這樣拖下去太難受了，眞知子想要盡快休掉縣民新聞。不過，即將迎娶她的東洋新聞又要求「嫁妝」。

眞知子有輕微的暈眩感，發燒似乎還沒有退下來。

6

這是眞知子事隔半個月踏入地方法院。她先到第一號法庭旁聽盜領公款的判決結果，之後前往二樓，刑事部就在盡頭的大辦公室。

眞知子一推開門，立刻有人上前攀談：

「眞是稀客啊——」

是村井書記官，五十多歲，被各家媒體的女記者稱爲「性騷擾書記官」。

「哎呀呀，這不是縣民新聞的廣末涼子嗎？妳又跟誰好上啦？」

「您就別損我了。」

「是說，妳還願意跑來看我，我好高興。」

「請讓我看一下開庭的日程表。」

眞知子隨便應付一下村井，伸手翻閱日程表。她假裝抄寫上面的內容，眼睛卻盯著辦公室後方，一個三十有五的女子落寞的側臉。

佐伯美佐江低著頭，手上的筆一刻也沒停過。村井剛才大聲嚷嚷，她一定有注意到眞知子來了，想必也注意到眞知子熱切的眼神。但她沒理會眞知子，連看一眼都沒有。

她們的關係實在太淺薄，佐伯美佐江也稱不上眞正的情報來源。不過，佐伯美佐江兩次打電話到記者室找眞知子，主動提起未破的案件，告知警方即將逮捕嫌犯的消息。

眞知子以前來刑事部，也沒有和佐伯美佐江交談過。有段時間眞知子常來採訪，幾乎天天都來這間辦公室，彼此也打過照面。可是，後來跑法院的工作移交給矢崎、織田、加納宏美以後，眞知子才算眞正認識她。兩人相知的地點，就是北部環狀線上的郊區書店。

大約在一年前，眞知子偷了草莓橡皮擦離開書店，走到昏暗的停車場取車。正好有個女子走過眞知子面前，眞知子一眼就認出佐伯美佐江。對方也認出眞知子，沒有繼續往前走。兩人聊了一會，眞知子卻不太記得對話內容。那時候她手上還握著偷來的東西，佐伯美佐江似乎也急著要離開。她們互相自我介紹，也知道彼此都還單身。眞知子還記得，對方語重心長地說，一個女人家當記者肯定很辛苦。

三天後的傍晚，眞知子就接到她的電話了。她偷偷告訴眞知子，警方即將逮捕八木原市的銀行搶匪，連犯人的名字都說了。

眞知子大吃一驚，開心得跳了起來。她不曉得一介庶務如何得知逮捕令的內容，但那是地方法院內部人士提供的訊息，沒有比這更眞確的情報了。遺憾的是，這個消息沒能寫成獨家，眞知子才剛開始敲鍵盤，縣警的公關單位就已經宣布犯人被捕。搜查一課臨時召開記者會，公開犯人的身分。眞知子大嘆可惜，要是逮捕行動晚一天就好了。

佐伯美佐江提供情報的原因，眞知子多少猜得出來。她一定是看到眞知子順手牽羊的舉動。

眞知子以前去地方法院跑新聞的時候，常看到佐伯美佐江被村井書記官責罵。村井還會對她伸鹹豬手，她只能想辦法躲開。在充滿陽剛氣的職場工作有多辛苦，想必她也深有體會。眞知子每次一到辦公室就被村井等人調侃，她一定也很同情眞知子，而且心有戚戚焉。那一天她偶然發現眞知子行竊，內心也有某種共鳴吧。佐伯美佐江利用這個同病相憐的對象，洩漏內部機密來發洩平日的不滿。

銀行搶案的消息派不上用場，所以一個月以後，她又打了一通電話給眞知子。這次洩漏的是傷害案的逮捕消息。新聞價值本身不大，但警方沒有召開記者會，隔天縣民新聞報出了一個小小的獨家。眞知子想要表達謝意，便佯裝親戚打去地方法院。然而，佐伯美佐江非常慌張，還小聲叮囑不要告訴任何人，直接掛斷電話。

眞知子尊重對方的意思，從來沒對任何人提過這個情報來源。好在東田當時休假，不用被追問也算幸運。進藤很快就來打探消息，但他自己有個口頭禪，情報來源死都不能說出去，即使上司追問也不能說。眞知子照做打死不說，進藤也沒再過問。

其實不用佐伯美佐江叮囑，眞知子也不打算透露情報來源的身分。這是兩個女人同病相憐才拿到的消息，那些男人一旦發現這個事實，肯定少不了各種嘲諷和汙辱。不對，說句老實話，眞知子想永遠獨占這個最棒的情報來源。警方即將逮捕嫌犯的消息，對追蹤罪案的記者來說，絕對是一張無與倫比的王牌。

往後只要發生什麼案子，而警方又還沒公布犯人身分，眞知子就期待對方主動聯絡。可惜傷害案過後，眞知子再也沒接到電話，連交談的機會都沒有。爲什麼呢？要看到逮捕令的難度變高了嗎？還是，她們的關係已經結束了？

「妳工作眞賣力啊。」

村井書記官又靠了過來，眞知子整理好日程表，從位子上站起來。她一個踉蹌沒站穩，伸手扶住辦公桌，不小心弄掉鐵製的菸灰缸，菸灰缸掉到地上發出巨響。

「啊……不好意思。」

「啊，沒關係沒關係，總不能讓小廣末掃地是吧——喂，佐伯。」

眞知子暗自心驚，視線瞟向辦公室後方。佐伯美佐江面色鐵青地看著她，眞知子以爲雙方終於有眼神交流，不料對方馬上轉移視線。

「沒關係，我自己來打掃就好。」

眞知子這句話是說給佐伯美佐江聽的，但對方沒有答話，又低頭看著文件抄抄寫寫，默默完成手邊工作。

眞知子走出地方法院，腳步好沉重。

也許眞知子和佐伯美佐江之間，曾經有一些感情和共鳴；記者和情報來源之間，也有那麼一點信賴關係吧。不過，剛才眞知子在她冷淡的面容上，看不到過往的情分。不對，那個人在刑事部辦公室，從來沒展現過任何表情，也從沒對眞知子使眼色。照理說她們的關係還在，什麼都沒變。未來有震驚社會的大案發生，她還是會透漏犯人的身分吧。眞知子也希望如此，但不踏實的感覺令人不安。

眞知子沒有主動跟對方討過情報，有好幾次想主動聯絡，但一向遵守「靜待聯絡」的共識。佐伯美佐江有一種纖細脆弱的氣息，這也是眞知子不敢越界的原因。她擔心主動接觸會毀掉對方，失去這個情報來源。

問題是——東洋新聞會接受這一點嗎？眞知子有一把傳家寶刀，偏偏她自己拔不出這把寶刀，這麼可笑的事情說得通嗎？

再說了，跳槽到東洋新聞，就代表要離開這個地方。那麼，佐伯美佐江這個情報來源，必須轉介給東洋的記者。這太困難了，她們只在刑事部和書店停車場碰過面，眞知子根本不知道對方的住址和電話。應該說，眞知子和佐伯美佐江之間只有一些概念上的共通點，這樣的聯繫是要怎麼轉介給其他人？

東洋新聞要求的話，眞知子也只好照辦。她正在人生的十字路口，眼前有一個去東洋效力的機會，說什麼也不能放棄。縣民新聞是一艘失去方向的船，再過不久就要沉了，眞知子不想在那艘船上困頓掙扎了。她寧可泳向大海，哪怕溺死都沒關係。

突然間，有人從後方拍打她的肩膀，她回頭一看，心跳差點停止。

「一起吃午餐吧。」

東田組長話還沒說完，已經邁步前進了。

7

他們挑了附近的麵店，在店內的包廂面對面坐下。

眞知子抬頭看著牆上的價目表，心裡好愧疚，她壓根沒想到自己會有這種心境。

東田的心情很不錯，絲毫感受不到昨天講電話時的暴躁：

「聽說，東洋刊出錯誤的報導啊？」

一聽到東洋兩個字，眞知子就受不了了。她心跳加速，喉嚨乾渴難耐：

「好像是吧，我們報社也半斤八兩。」

眞知子好不容易才擠出這句話，東田先環顧四周，這才壓低音量說道：

「搞不好我們的新聞歪打正著呢。」

「咦？」

「就是肇逃車輛的報導啊，昨晚我不是去找部長查證嗎？部長還問我，是不是要寫那一則消息。我第一次看到他那種反應。」

東田今天話還挺多，有機會接觸到無緣採訪的案子，或許他很開心吧。

「是嗎……其他報社沒什麼反應啊……」

眞知子沒太大的興致，他們在同一家公司、同一個單位服務，直到昨天都還稀鬆平常地談論公事。現在眞知子難以保持平常心，幾天後東田就會知道她跳槽的事，到時候東田會有什麼想法呢？肯定對這次談話不會有好印象吧。東田大概會想，那個女人都決定跳槽了，竟然還裝出自己人的模樣。一想到這裡，眞知子不曉得該說什麼才好。

「反正啊——」

東田吃了一口湯麵：

「留意一下這條線索比較好。N系統拍到車牌號碼的話，警方很快就能找到車主，說不定就這麼逮人歸案了呢。」

「是啊。」

昨晚眞知子也思考過這個可能性，但她想的是另一個層面的問題。N系統拍到犯人，警方就會申請逮捕令。那麼，佐伯美佐江會打電話聯絡嗎？眞知子希望如此。她想確定佐伯美佐江還是自己的情報來源，這樣她就可以抬頭挺胸前往東洋新聞了。

不過，機關算盡讓她有更深的罪惡感。她根本吃不下，麵吃不到一半就放下筷子了，東田看到就說：

「妳減肥啊？」

東田的臉上帶著調侃的笑容。

眞知子的情緒又不安分了。不，是她強迫自己喚醒暴躁的情緒。

東田總是對女人有偏見。以爲女人滿腦子只有護膚、時尙、戀愛、男人。太可笑了，何必爲了這種人有罪惡感？良禽擇木而棲，他是自願待在爛枝頭上的，空有一身採訪本領，卻沒有記者該有的志氣和情操。對上頭唯唯諾諾，絲毫沒考慮到部屬的心情。這一路走來，眞知子可沒少受他的氣。沒錯，昨晚也是這樣。

「昨晚不好意思啊。」

「嗯……？」

東田恢復嚴肅的表情：

「我不是去拜訪刑事部長嗎？也沒先知會妳一聲。」

現在才良心發現？

「我沒有在意。」

「不是，眞的很不好意思。今後我不會再插手了，就照妳的意思做吧。」

「我說了──」

「其實呢──」

「我想讓妳當下一任組長。」

「蛤……？」

東田探出身子，湊近眞知子：

「我是指下個月的人事異動啦。我們公司從來沒有採訪警察的女組長，可是我覺得妳一定能勝任，主編那裡我去跟他說。」

眞知子有種鼻酸的感覺。

──拜託別這樣。

爲什麼要說這些？爲什麼現在才說這些話？眞知子凝視東田，內心卻在詛咒命運。

下午的工作是打探主婦凶殺案的消息。

眞知子沒有心情工作。看著矢崎、織田、加納宏美在案發現場附近打聽消息，他們認眞工作的模樣好耀眼。每次他們來回報消息，眞知子就好心痛。她似乎可以聽到，有人在指責她是叛徒。

明天的版面決定追蹤報導可疑車輛，有民眾提供三條新的目擊線報。那些人是看了《縣民新聞》的報導，才急忙通報警方。其中一人在被害者住處二十公尺外的馬路上，看到一輛黑色的轎車。因此，「深色的車輛」正式更名為「黑色的車輛」。

進藤打電話交代完一些版面編排事宜後，說有事情要跟眞知子談。於是，眞知子在傍晚前往總公司。

編輯單位在總公司的二樓，一樓有大型的輪轉印刷機，所以總公司的二樓，差不多是一般大樓的三樓那麼高。

眞知子的腳步和心情都好沉重，罪惡感依舊揮之不去。她不曉得自己有沒有勇氣直視進藤的臉龐。想著想著，眞知子推開編輯單位的大門。

五十多人的聲音同時灌入耳中，聽起來就像耳鳴。

「喂，這邊啦。」

一進門，進藤就躺在右手邊的沙發上，氣色非常不好。他的肝臟壞很久了，清亮的嗓音和銳利的目光倒是沒有失去。

「坐吧——我是要跟妳談矢崎的事情。」

「矢崎……他怎麼了？」

中午東田才談到下一任組長的事，眞知子原以爲進藤也要談同樣的話題，還煩惱著該如何回答才好。

「他母親身體狀況好像不太好。」

「咦？」

「據說是肺積水，本來他早上和晚上都會去醫院探病，現在他白天想專心照顧母親。妳也知道，他是單親家庭嘛。」

眞知子懷疑自己聽錯了，她從不知道矢崎的母親重病。矢崎和母親相依爲命，常跑醫院照顧母親，這些事眞知子也是第一次聽說。

「所以，矢崎先讓他退下來吧。補充人選妳來挑，妳要挑縣政或市政的記者都沒關係，挑妳想用的就好。」

眞知子還在想矢崎的事情，思緒反應不過來。

「喂，別發呆了，妳想挑誰？」

「這……你現在問我……」

「我說，妳可以挑妳覺得好用的人選。」

幾天後就要跳槽的人，是要怎麼思考替補人選？

「你這樣問，我眞的很困擾。」

「有什麼好困擾的？妳就挑好用的人——」

「我沒辦法。」

眞知子直截了當地拒絕，進藤訝異地眨了眨眼，緩緩撐起身子：

「好吧，那我來選。還有，水島啊——」

進藤直視眞知子，那不是談公事的眼神：

「妳是不是發燒啊？臉色很不好耶。」

進藤伸出粗糙的手掌，眞知子一看到他要觸摸自己額頭，趕緊別過臉。

眞知子的反應，讓進藤臉上浮現落寞的神情，手也垂了下來：

「唉，從早到晚忙著採訪是沒關係，但也要量力而爲啊。不然跟我一樣搞壞身體，一切就完蛋了。健康比原稿重要，知道嗎？」

這一點也不像進藤會說的話。

眞知子越聽越困惑了。

愧疚感逐漸變成另外一種感情。

眞知子借了一張庶務單位的辦公桌，打開筆電辦公。她稍事思考後，打電話給矢崎：

「矢崎？抱歉，我不曉得你家裡有事。」

「我中途退出，才應該道歉。」

「希望令堂早日康復。」

「謝謝，後續消息的追蹤，再麻煩你們了。」

「嗯，那你專心處理家事吧。」

「我會的，先告辭了。」

眞知子一掛斷電話，淚水差點奪眶而出。

剛才講電話的人眞的是矢崎？他的聲音和語氣有那麼溫柔嗎？不對啊，矢崎總是看不起眞知子，一副愛理不理、受不了被女人使喚的模樣。

還是說——這一切都是眞知子誤會了？因爲一直催眠自己是可憐的被害者，把周遭的同事都當成敵人，所以沒有正視過他們？

眞知子寫不出原稿。有民眾在被害者住家附近……目擊到黑色車輛……

昨晚進藤說的那番話，或許並沒有錯。現在眞知子也不敢否認，自己太小看矢崎挖到的消息了。

後續消息的追蹤，再麻煩你們了，矢崎的鼓勵言猶在耳。東田說要舉薦眞知子當下一任採訪組長，進藤也給她挑選替補人選的權力。

在眞知子眼中，不只是他們變了。

這間辦公室裡的所有人，看起來都好溫柔。每一個來找她攀談的人，口吻都好親密。來打招呼的、好奇凶案採訪進度的，還有那些騷擾的玩笑話，聽起來都好親密……長年使用的桌椅，褪色的牆壁，乃至大量的印刷品、書籍、資料，一切都溫柔包覆著眞知子。

肯定只是一時感傷吧，這間辦公室裡，有太多她要拋下的過往了。

寫完原稿後，眞知子緩步走向大門。

進藤還躺在沙發上。

「先走了。」

眞知子用這句道別，表明她要去東洋新聞的意志。

已經離異的心再也無法挽回，就好像四年前她決定離開進藤一樣。

「記得去醫院看病啊。」

背後傳來清亮的叮嚀聲。

眞知子不願被其他人看到她落淚的表情。

來到走廊，反手關上自己的故鄉。以後再也聽不到吵雜聲造成的耳鳴了，那聲音彷彿一艘沉船發出的悲哭哀號。

8

隔天下午五點——

眞知子將車子停在地方法院後方的路上，並沒有下車。她決定去見佐伯美佐江一面，當然她還是很擔心，主動求見會破壞這段關係。可是，現在顧不了那麼多了。草壁訂下的答覆期限就在明天。

還有一件事。

眞知子想拜託她提供主婦凶殺案的逮捕消息。昨晚眞知子去拜訪警察，得知警方已經查出黑色轎車的車主了。縣民新聞連日報導這則新聞，倘若車主就是犯人，一定會找地方躲起來。到時候警方拿到逮捕令，還得花時間找人。眞知子打算利用這段時間，刊出「警方即將逮捕主婦殺手」的獨家。

而這篇獨家，眞知子打算留給縣民新聞。跳槽到敵對報社，留下這樣的餞別禮也無法抹去她背叛的事實。然而，她必須用這樣的方法，給自己一個交代。

一群人離開地方法院的員工出入口，佐伯美佐江也在裡面。她直直走向停車場，搭上一台紅色轎車，沒多久就開到路上。

眞知子低下頭，等對方的車子開過面前，才緩緩踩下油門前進。跟蹤對她來說已經是家常便飯了，獨居婦女和警界人士的名字不會刊在電話簿上，因此必須趁那些人下班時，跟蹤他們到官邸或住所。不過，今天眞知子的健康狀況不太好，體溫滿高的，但也只能硬著頭皮上。

車子開到縣道和環狀線的交叉口。

——怪了？

前方的紅色車輛左轉開進南部環狀線，眞知子大感意外。她們之前在北部環狀線的書店偶遇，眞知子以爲對方肯定住在那一帶。

佐伯美佐江要去哪裡呢？納悶的眞知子繼續跟蹤，紅色車輛拐了兩、三個彎，開進一個老舊的住宅區，最後停進一棟雙層民房的車庫。

那應該是佐伯美佐江的住所，眞知子把車子停在不遠處，走到那棟房子的前面查探。看外面門牌，佐伯美佐江和父母住在一起。

眞知子以爲對方獨自住公寓，多少有些意外，但要登門拜訪似乎也沒問題。佐伯美佐江一定有自己的房間，她們可以在不受打擾的情況下對談。

——該怎麼開口才好呢？

眞知子強迫不靈光的腦袋想想辦法。可是，想再多好像也沒用。這一切要看佐伯美佐江的態度和反應。

天色已經變暗了，再拖下去會打擾人家吃晚飯，眞知子鼓起勇氣按下電鈴。

「請問是哪位？」

聽聲音可能是佐伯美佐江的母親。

不能說出公司名，報上姓名似乎也不是好方法。

「呃，請問美佐江小姐在家嗎？」

「她在家……請問妳是？」

「我是她朋友。」

對方思考了一會，請眞知子稍待片刻，語氣聽起來有些疑惑。

不久後，玄關打開了，佐伯美佐江探頭出來，驚訝的面容很快轉變爲恐慌的神情。

「妳來幹什麼？」

眞知子也料到對方會有這種反應：

「我有些話想跟妳說……」

「我沒什麼好說的。」

佐伯美佐江的嘴唇和聲音都在發抖。

「冒昧打擾眞的很抱歉，但我眞的有件事要拜託妳。」

「拜託我……我不是給妳了嗎？已經夠了吧，拜託妳放過我好嗎？」

——放過我？

「請妳回去，以後別來了，當我求妳。」

佐伯美佐江的母親還在走廊，一臉擔憂的表情。感覺她的父親也在一旁。

眞知子恭敬地低下頭說：

「我不會再來了。可是——我會一直等妳的。」

眞知子說出了自己的不捨與眷戀，美佐江聽到當場發飆：

「妳在威脅我嗎！」

「咦？」

「妳們當記者的都這麼過分是嗎？」

「我……」

「枉費我這麼相信妳……以爲妳這個人本性不壞！」

美佐江雙手掩面，嚎啕大哭。

枉費我這麼相信妳……？以爲妳這個人本性不壞……？

屋內傳來腳步聲。

「對、對不起，我這就告辭。」

眞知子結結巴巴說完話，飛也似地跑回車上。不，她是逃回車上的。心跳狂飆不止，美佐江慌亂的反應，連帶影響到眞知子。這下事情鬧大了，她滿腦子都在煩這件事。

眞知子開車前往北部環狀線，她很清楚自己該去哪裡。

開了一陣子，黑燈瞎火的田園地帶終於冒出書店的燈光。這裡是眞知子唯一的避風港。她橫打方向盤，車子甩出強大的離心力，以相當快的速度衝進停車場。正好有一輛車子開出來，眞知子驚險閃過來車，不料前方出現一名金髮女子——

她死命踩下煞車，下巴和胸口都撞到方向盤，衝擊力又把她的身子震回座椅上。年輕女子驚訝的神情近在眼前，對方罵了一句髒話，踩著厚底靴大步離去。

停車場很昏暗。

眞知子放倒座椅，整個人癱在上頭休息。她氣喘吁吁，吐出來的每一口氣都好燙。她伸手撫摸額頭，但手掌似乎也在發燙，根本分不出是不是額頭的溫度。

這下徹底失去情報來源了。

該怎麼跟東洋新聞交代呢？難不成要說，打從一開始就沒有情報來源嗎？

眞知子想起佐伯美佐江僵硬的表情。

剛才的一切就是一場惡夢，爲什麼對方的反應如此絕情呢？眞知子以爲她們之間有那麼一絲共鳴和認同感。事實上完全沒有這種東西，那佐伯美佐江爲何兩次提供訊息？

懷裡的手機響了，是總公司的編輯庶務打來的：

「有個男人打電話來，他沒說自己是誰，只希望妳回電給他，號碼是——」

一定是東洋的草壁，他在等眞知子的答覆。直接答應挖角就好，反正對方也不會細問情報來源。

剛才那名金髮女子的側臉橫越眞知子面前，那個人坐在一輛進口轎車裡，開車的男性年紀可不小。

這個畫面給了眞知子某種啓示。

——怎麼搞的……？

那是一種似曾相識的感覺。

而且這種感覺越來越清晰了。對啊……沒錯，當初在這座停車場偶遇佐伯美佐江，她也是橫越眞知子的面前。

那時候，眞知子一離開書店就走向停車場，對方卻走過她面前。佐伯美佐江不是從書店出來的，也不是要走去書店。而是穿越這座停車場，去取自己的車子。問題是，這一帶都是田地，馬路的另一頭也沒有店家和民房，那佐伯美佐江是從哪冒出來的？

眞知子茫然地望著北部環狀線，再過去一段路，路旁閃爍著賓館妖媚的燈光。

結論很快就出來了。

佐伯美佐江是從別人的車子下來，走去取自己的車子。肯定是這樣沒錯，載她的那個人是男的。佐伯美佐江和男人約在這裡碰面，之後改搭男方的車子，一起去賓館開房間。開完房間以後，男方載她到這裡下車。她去取車的時候，正好撞見眞知子。

眞知子以爲自己順手牽羊被發現，對方也以爲自己開房間被看到。佐伯美佐江以爲，眞知子看到她從男人的車上下來——

所以，逮捕人犯的消息，其實是變相的封口費。

換句話說，那是一場不倫戀。需要保密，代表男方是眞知子認識的對象。

眞知子看著編輯庶務告訴她的電話號碼。不對，那不是東洋新聞的分局號碼，是北部區域的號碼……也就是這一帶的電話。

眞知子按下撥號鍵。

「小廣末，我等妳好久了——我說啊，你們這麼大的一家報社，應該用不著採訪不入流的八卦消息吧？拜託妳行行好，人家被妳嚇到了——喂喂？妳有在聽嗎？爲什麼不說話？喂喂——」

眞知子掛斷電話。

「眞是個笨女人。」

話一說出口，眼淚也跟著落下。

佐伯美佐江竟然跟那種男人交往，甚至冒著丟飯碗的風險透露情報，就只爲了保護兩個人的關係。太傻了，眞的太傻了。

她的哀求依舊縈繞耳畔。

「拜託妳放過我好嗎？」

「請妳回去，以後別來了，當我求妳。」

當初眞知子打電話到地方法院道謝的時候，佐伯美佐江也拜託眞知子，不要告訴任何人。她不是害怕自己洩密的事情敗露，而是想要保護自己小小的戀情。

那是見不得光的關係。佐伯美佐江三十好幾了，或許這是賭上她寶貴青春的愛戀。

眞知子想起她的哀號，還有那驚恐的表情。

「妳在威脅我嗎！」

「妳們當記者的都這麼過分是嗎？」

眞知子用力摀住耳朵。

雙方的關係已然破裂，眞知子還是不願放掉這個情報來源，內心依然貪戀。因爲她必須還清縣民新聞的舊情，帶著寶貴的人脈跳槽到東洋新聞。

怎麼會變成這樣？眞知子加入縣民新聞的初衷，是要替弱勢族群發聲。以往的初衷消失到哪裡去了？

現在眞知子對一切都麻木了。不管是三歲孩童溺死在水道裡，還是家庭主婦死於非命、留下一歲大的女兒，她都沒有掉過一滴眼淚。現在她哭泣，也不是爲了佐伯美佐江哭泣。她哭，只是因爲她覺得痛苦。她寧願出賣佐伯美佐江的隱私，也要跳槽到東洋新聞。

「枉費我這麼相信妳……以爲妳這個人本性不壞！」

眞知子抓起行動電話，顫抖地按下東洋新聞分局的號碼。

「這裡是東洋新聞——」

是草壁接聽的。

「對不起……我不能過去了……」

9

眞知子在家裡連睡了三天三夜。

四十度高燒始終沒退，還引發輕微的肺炎，一直在做惡夢。

進藤主編打電話來，她才知道主婦凶殺案偵破了。「黑色轎車」的車主就是犯人，主婦婚前和那位男子交往過。矢崎的消息立下大功，也拿到了獎金。

眞知子躺了五天才離開公寓。

有種恍如隔世、大夢初醒的感覺。

來到縣警本部四樓的記者室，縣民新聞專用的隔間——

矢崎也在那裡。聽說他母親的病況好轉，他昨天就回來上班了。聊著聊著，加納宏美一臉驚慌地跑來：

「前輩，妳聽說了嗎？」

「什麼事啊？」

「東田組長跳槽到東洋新聞了。」

眞知子心想，對一個大病初癒的人來說，這玩笑話似乎太過火了。

「不會吧？」

「眞的啦！他被挖角了！是他親口告訴我的。」

「所以是眞的？」

「就跟妳說啦，千眞萬確。」

宏美又跑出記者室，大概是要跑去告訴其他同事吧。

眞知子的心中充滿了問號。東田組長跳槽到東洋新聞……？是她拒絕邀約，對方才決定挖角東田嗎？不，眞知子是五天前拒絕邀約的。才短短幾天就談妥，未免也太快了。

——該不會……

眞知子想到了一個很糟的可能性。

東洋新聞同時挖角兩個人？

「組長也接到邀約……」

這時，耳邊傳來矢崎自言自語的聲音。

——他說什麼？

眞知子回過頭，凝視著矢崎：

「矢崎，你也有接到邀約……？」

「是——咦……這麼說來，水島前輩妳也……？」

眞知子愕然了。

東洋竟然同時對三個人提出挖角。

眞知子一把火竄上心頭：

「草壁呢？還在他們的辦公隔間嗎？」

「他前天就回總公司了。」

「回總公司？」

「是啊，他本來就是總公司的要人。」

難道這才是草壁前來的用意？

市占率爭奪戰——要眞是如此，那他們的用意也太歹毒了。打從一開始東洋新聞就打算挖角東田，結果還開口挖角眞知子和矢崎。不對，東洋新聞其實不介意誰來加入，只要會採訪、會寫稿就行了。

東洋新聞眞正的用意，是來擾亂對手的……

眞知子靠在椅背上，渾身欲振乏力。

懵懂的小腦袋解開了一道謎題。

上次和東田一起去吃麵，他說要舉薦眞知子當下一任採訪組長。現在想起來，他對眞知子的鼓勵來得太突兀了，那時候東田就決定跳槽了。他讚賞眞知子只是出於罪惡感，就好像眞知子當時也充滿罪惡感一樣。

「如果我們都答應跳槽，他們會怎麼回應啊？」

眞知子拋出一個疑問，正在寫稿的矢崎回過頭說：

「在地方小報任職的記者，有很多放不下的牽掛。草壁先生說，有時候邀好幾個人也不見得會來一個。」

眞知子接受了這個說法：

「你就是個好例子啊。」

「呃，是這樣沒錯……不過，我母親要是走了，我就會答應吧。」

眞知子打了一個寒顫。

挖角——這種刺激當事人自尊心的甜言蜜語，沒有人抗拒得了吧。

「水島前輩，那妳爲什麼拒絕？」

矢崎提問的表情很嚴肅。

眞知子差點說出違心之言，但實際說出來的卻是眞心話：

「其實，我現在也滿想去的。」

矢崎笑了，眞知子第一次看到他那種笑容。

眞知子環顧縣民新聞的辦公隔間，這裡的電腦、傳眞機、各種零零總總的東西……一切都跟以前一樣，她掏摸著口袋裡的記事本，卻摸到另一樣東西。

正好電話也響了，主編上午十點打來的定期聯絡。

只要開始工作，各種心魔一定會找上自己。眞知子已經明白這一點了，但她還是丟掉偷來的橡皮擦，伸手接起電話。

密室之人

1

一株鐵線蓮，更添茶室風雅。

美和正襟危坐，換手持長柄杓。京製的淡綠色花紋和服，讓清純可人的坐姿多了一分恰到好處的嚴肅感。

咚，放下長柄杓的清脆聲響，消散於四方牆面。耳邊傳來細微的呼吸聲，美和撫平和服下襬，稍事停頓後，將茶碗和放置抹茶的容器挪到膝前。接著從腰帶抽出擦拭用的絲巾，以流暢簡潔的動作，折成規定的樣式。

將釜中的熱水倒入茶碗中，緩緩攪動茶刷，攪出特有的律動感。瞬間茶香四溢，在茶碗中攪動的茶刷，也在最完美的時刻一聲不響地被抽出茶碗。

美和拿起茶碗，細看茶水泡得怎麼樣。她眨了眨眼睛，對結果頗為滿意。纖纖玉手轉動茶碗，請對方品茶。

然而，這一連串流暢的動作嘎然而止，美和拿著茶碗，再也不動了。

等待品茗的人，疑惑地叫喚美和。

聲音卻出不來。

這一次他想伸出手，手卻動不了。

想湊上前，雙腿也動不了。

難不成是夢魘？

美和也一樣嗎？

清秀修長的明眸半掩，塗了淡色口紅的朱唇微微顫抖。額頭冒出一絲薄汗，劃出一條水線落下。

再一次呼喚美和的名字。

美和……

用喚的沒反應，改用大喊的。

美和——美和——美和！

頭蓋骨中迴盪著吶喊的聲音。

突然間，身體產生一股墜落的錯覺。

先是落入黑暗中，接著出現一抹亮白。最後視野豁然開朗，但眼前的景象並非茶室。

首先映入眼簾的，是挑高的天花板……以及柔和的間接照明……

這裡是D地方法院第四號法庭——在場的被告、辯護人、檢察官、證人、書記官、庭務員、旁聽人，所有人的視線都集中在一個人身上。

那個人坐在法官的位子，名喚安齋利正，兩旁還有陪審法官。

當下審理的是，「平成十二年．三十五號殺人被告案件」。

下午兩點十五分，法庭的氣氛降至冰點。

2

場景來到刑事部第二部法官室——

安齋一回到法官室，也沒先脫掉法袍，直接拿起桌上的水猛灌。乾渴的喉嚨已經忍到極限了。

——天吶……

安齋不敢相信，剛才自己竟然在法庭上睡著了。

遲來的羞恥令他面頰燥熱，回想自己當差二十二年，審理案件一向不拖泥帶水，沒想到竟然會在法庭上打瞌睡，打斷審理的進度，玷汙法庭的威信。

是睡眠不足害的嗎……？不可能，昨晚也只看了另一樁強盜案的紀錄而已，十二點就上床就寢了，也睡得不錯。一早起來喝美和泡的早茶，搭乘公用車上班，九點半就進來辦公室了。和書記官商討一些事宜，十點開始審理強姦致傷的案子。跟平常一樣，也沒有特別忙碌，一如往常的上班光景。

不，現在回想起來，安齋上午審理案子就有點睏了。午餐是地下餐廳的親子蓋飯套餐，飯菜的量很多，光看食欲就少了一半。尤其下午第一場審理容易精神不濟，在沒有窗戶的枯燥密室中，睡魔又特別囂張跋扈。今天睡魔的誘惑太強烈了，安齋用力捏自己大腿提神，捏到大腿都瘀青了。

安齋自問，這是輕忽大意嗎？還是仗著自己資歷深厚，老油條了，沒有以前謹慎了？安齋現年四十九歲，也判過死刑和無罪開釋。下午審理的是卡拉ＯＫ包廂的殺人案，被告也認罪了，完全沒有爭議，所以才不當一回事嗎？

安齋舉拳壓住眉心。

——到底我是什麼時候睡著的？

對了……是在訊問證人的時候。辯護律師小牧奈津子在訊問被告的友人，那位友人案發時和被告在同一個包廂唱歌。小牧奈津子問的是，被告青山唱到第幾首歌，是不是搶麥克風引發口角云云。

等安齋回過神來，證人還在證人席上。這代表他打盹的時間並不長，了不起也就一、兩分鐘罷了……

安齋想起小牧奈津子的表情，小牧一副傻眼的模樣，而且是故意做給他這個法官看的。安齋鼓起勇氣，請辯護律師繼續訊問證人，小牧只是若有所思地翻閱文件，在安齋看來，對方的舉止讓眾人感受到一段漫長的空白時光。

這是小牧奈津子的抗議吧……看她的反應，安齋打盹的時間應該不算短。在商討開庭事宜的時候，小牧說訊問證人只要十分鐘就好，但這是辯護律師慣用的說詞，一旦傳喚證人出庭，幾乎都會多花一半的時間。小牧大概問了不少問題，結果卻發現法官在打瞌睡。

安齋拿起電話撥打書記官室的內線號碼，他覺得自己不得不打這通電話。

「您好，我是明石。」

「我是安齋——呃，不好意思，我太丟人了……明石先生，你注意到了對吧？」

「沒有，我……」

也難怪，書記官是背對法官的。

「這件事我滿介意的，可否麻煩你盡快完成下午的審判紀錄？」

閱讀審判紀錄，就知道小牧奈津子和證人談多久了。安齋也能算出自己在法庭上打盹的時間有多長。

「明白了，我會盡快完成。」

聽明石的口吻，顯然是有顧慮安齋的感受。

安齋重重嘆了一口氣，從抽屜裡拿出一個小瓶子，倒出三顆藥錠吞進嘴裡。嚴格來講那也不算藥物，只是他從學生時代就一直服用的整腸劑。每次情緒緊繃他就容易肚子痛，平時早、中、晚各吃一次，今天等不到晚上了。

連接書記官室的門開了，兩個穿著法袍的同事，前後腳踏進辦公室。一個是坐在右方陪審席的黛，另一個是坐在左方陪審席的宮本。他們的態度有些冷淡，想必剛才在某間無人的辦公室，說起安齋打瞌睡的事情吧。

安齋決定主動搭話，他先找上背對自己的肥胖身影：

「黛先生。」

用敬稱稱呼同事，是D地方法院的傳統。代表合議法官的地位相等，無關年齡或資歷。

「有什麼事嗎？」

黛回過頭來，同時把即溶咖啡倒進杯子裡。

「剛才那件事，大概持續多久呢？」

黛聽了安齋的疑問，裝出一副不明所以的表情，還明知故問：

「你指什麼啊？」

「就是剛才，我不小心打盹，你知道確切的時間嗎？」

「不知道耶——」

黛歪著頭回答：

「我沒發現你睡著了。」

——胡說八道。

安齋有些火了。

陪審的法官不可能沒注意到。他們坐的位子很近，只要挪一下身子，不必起身就能互咬耳朵。安齋過去當陪審法官的時候，也有發現主審法官打瞌睡，還會偷偷用手肘頂對方的肚子。

黛坐上沙發喝咖啡，一副事不關己的模樣。黛四十三歲，膝下育有兩女，分別是中學生和高中生的年紀。因此，碰到強姦或組織賣淫這類年輕婦女遭罪的案子，審理起來特別嚴厲。相對地，他對女性被告完全沒轍。女性被告在法庭上一落淚，黛就搬出「猶有悔意、其情可憫」的金科玉律，主張判處緩刑。安齋來到刑事第二部任職的這一年，合議順利討論出共識的次數寥寥無幾。

黛可能早就發現安齋打盹，只是故意置之不理。

——問題是……

安齋望向左邊的辦公桌：

補。

「宮本先生，你有注意到嗎？」

安齋還沒問宮本，宮本就已經臉紅了。宮本才二十九歲，今年春天剛升上特例判事補。

「不好意思，我也沒注意到。」

「這樣啊……」

宮本爲人正直嚴謹，由於合議制採多數決，黛經常請宮本吃飯喝酒，想藉此拉攏宮本。然而，黛的策略並未奏效。宮本參與合議的時候，總是勇於說出自己的見解，語氣也不會咄咄逼人，更不會看安齋和黛的臉色議事。

照理說宮本是值得信賴的，但左右兩旁的陪審法官，都沒發現主審法官睡著了，這有可能嗎？

坐在沙發上的黛，也知道安齋在懷疑什麼。只見他轉過頭來，一臉無奈地說道：

「跟你說，我們是眞的沒發現。安齋先生，你睡得太有技巧了。」

「睡得太有技巧……？」

「對啊，你身體完全沒晃一下。所以，在聽到你的聲音之前，大家都沒發現你睡著了。」

——聲音……？

安齋不懂這句話是什麼意思：

「聲音？你是指什麼？」

黛和宮本對看一眼，這才確信安齋是眞的毫無自覺。

「安齋先生，你自己眞的不知道嗎？」

「眞的不知道啊，到底怎麼了？」

黛露出了很困擾的表情：

「……你當眞不記得了？」

安齋有種很不妙的預感：

「請你們明說吧，到底怎麼一回事？」

「你喊了尊夫人的名字三次，大家聽到美和這名字，才轉過頭來看你……」

安齋嚇得面無血色。

原來他不只在法庭上打瞌睡，甚至還喊出妻子的名字——

安齋按住下腹部，忍受強烈的疼痛感。他的視野扭曲，影像也逐漸泛黃。

正好面前的電話響了，安齋的反應令人不忍，宮本代爲接起電話。

安齋痛得彎腰，上方傳來擔憂的聲音：

「安齋先生——」

「嗯，我沒事了……」
「你現在方便走一趟嗎？」
「走一趟？」
「所長找你。」

3

D地方法院所長室在五樓，那裡的地毯比法官室的厚多了。
楠木所長坐在沙發上，和總務課長設樂談話。
「所長您找我？」
安齋先打招呼，楠木銀框眼鏡下的瞳仁，轉過來瞅著安齋：
「你先坐吧。」
先禮後兵，這是楠木一貫的作風。
安齋不敢坐滿整張沙發，被告出庭就是這樣的心境吧。
「你給我捅了一個大婁子啊？」
「是，眞的非常抱歉。」

安齋想起了年輕時被灌輸的觀念，法官是不能找理由辯解的。

「還有記者說要見我呢。」

——記者……?!

安齋大受震撼。

法庭的影像在他腦海中回放，旁聽席的最前面確實有一位記者，是在地報社D日報的司法記者……

難不成，對方要把這件事報導出來？

「我當然拒絕了，結果那個記者跑去總務課找碴。」

楠木的語氣很爲難，目光還帶到設樂身上。

設樂畢恭畢敬，對安齋說道：

「那個叫三河的D日報記者，要我們說出安齋法官的經歷。然後……還一直打聽『美和』是什麼人……」

安齋整個人愣住了。

「就是你老婆對吧？」

楠木的聲音壓得很低。

「……是。」

「還好你叫的不是其他女人，算是不幸中的大幸。可是——」

楠木摘下眼鏡，死盯著安齋：

「法官在審理殺人案的時候打瞌睡，而且還說夢話，喊出自己老婆的名字——你不認爲這可以寫出一篇有趣的報導嗎？」

安齋緊張地吞了一口口水：

「眞的會寫嗎……？」

「難說。也許不會直接寫成一篇報導，但你別忘了D日報有那個專欄。」

〈法庭旁聽席〉——該專欄主要用感性的筆法描寫法庭上的人性，以及跟法院有關的奇聞軼事。恐懼感越來越鮮明，安齋的心跳也跟著加快。

楠木咂嘴說道：

「不過，眞正的問題在後頭。這件事被寫上專欄的話，其他媒體一定聞風而來。到時候不只打瞌睡這件事，連你的過去都會被挖出來。」

——過去……？

安齋腦子還轉不過來，但這個字眼也激起了他的警覺性。

楠木翻閱手中的文件：

「你的前妻六年前肺栓塞去世……和現在的妻子是一年前結婚的……沒錯吧？」

「呃，是沒錯……」

「前妻去世五年後再婚……你想媒體會如何看這件事？」

安齋不懂楠木提問的意圖：

「請問到底是什麼意思？」

「聽說，你前妻與美和女士關係不錯是吧？」

——原來……

「美和女士是茶道師範的女兒，你的前妻去那間茶道教室上過課。雙方是這樣的關係對吧？」

「是……」

自己的過去可能被報導出來，安齋的內心萌生了另一種恐懼感。楠木以前待過最高法院人事局，那個神通廣大的單位，到底握有多少個人資訊？

不對，很多法官的夫人都有去那間茶道教室上課。據說，楠木和他老婆也去那裡上過茶道課。

楠木抬起頭，不再看著文件：

「你也去那裡上過茶道課對吧。」

「是，前妻建議我去的……」

「換句話說，你在前妻去世之前，就認識美和女士了。」

「是的。」

楠木的語氣很接近訊問：

「美和女士年輕貌美，想不注意也難嘛。」

「什麼……？」

「你們以前有私交嗎？」

「什麼意思？」

「我是在問你，你是不是在前妻還沒去世的時候，就跟美和女士有私交了？」

楠木銳利的視線，緊咬著安齋詫異的雙眸：

「是不是外遇？」

「我發誓絕對沒有。」

「可是，你們一年前正式結婚，代表在那之前也有一段交情是吧？」

「這……」

安齋正要開口解釋，卻又作罷。說得越多，只會給人事局更多個人資料。

「說不出口嗎？沒做虧心事的話，就說清楚講明白啊。你跟美和女士的交情，是從什麼時候開始的？」

「……」

「不肯說是嗎？也罷。那你給我聽好了，你在審理案子的時候睡糊塗了，還當庭喊出老婆的名字。這件事被寫成專欄內容，其他媒體也會對你心愛的老婆感興趣。比較沒良心的，還會把你們的個人隱私大肆報導出來，你明白這件事的嚴重性嗎？到時候，你以爲我再搬出所長不知情這種爛藉口，就能了事嗎？」

情緒激動的楠木，終於說出了眞心話：

「你這傢伙很會演嘛。別以爲我不知道，你故意等到職等升上三等才娶她的吧？媽的，早知道就一直讓你卡在四等。」

三等對法官來說相當於一道「關卡」，待遇和四等相差很大。

「這是你闖出來的禍，你自己想辦法收拾。去找那個記者，拜託他不要寫出來。事後打到官舍跟我報告，聽明白沒有？」

不再隱藏本性的楠木，踩著火大的步伐走向辦公桌。

「所長——」

安齋勉強擠出一絲聲音。

「怎樣？」

「在法庭上出洋相是我不對，我道歉。不過，私生活我沒做任何虧心事。」

「算了，你走吧。絕對不能讓他們寫出來。」
安齋離開所長室。
明明是同樣的走廊……同樣的階梯……但跟今天早上比起來，宛如另外一個世界。
堂堂法官，竟然在開庭時打盹。
一個小小的破洞，毀掉了整座水壩。安齋的腦海裡，盡是這種破滅的意象。

4

安齋拉攏司法記者的計畫出師不利。
他拜託女事務官傳話，請三河撥冗一談。待審完案子回到法官室，女事務官面色鐵青地回報狀況。
「有事情要找我談，他自己不會聯絡嗎？」
據說，三河直接給了一個硬釘子碰。
安齋連忙打電話到D日報，請三河來地方法院見面詳談。
「是你有話要說，應該是你要來找我吧？」
安齋被嗆得無話可說。法官的常識和一般人的常識落差太大了，對方一句話戳中安齋潛在的痛處，令他狼狽不堪。再者，三河的語氣也嚇到他了，一聽就知道對方很不高興。

安齋等到五點下班，搭乘公用車前往D日報。

一路上，安齋內心忐忑不安。

他對三河的長相很有印象。不管審理哪一樁案子，三河都坐在記者席的正中間，很熱心地做記錄。年紀大約三十五歲左右，長得有一點神經質。

三河寫的報導相當有水準，安齋對那種注重邏輯，不會太濫情的文筆很有好感。仔細想一想，雙方關係其實很奇妙。兩個人幾乎每天碰面，在法庭和報紙上確認彼此的工作，卻一次也沒有對話過。

不對，他們有交談過一次，那是去年秋天的事了。地方法院在會議室舉辦懇親會，招待司法記者會的成員。地方法院的懇親會和其他公家機關不同，只有短短一小時，而且只準備了一點啤酒和魷魚乾，算是小宴會。三河在懇親會快結束時走了過來，安齋不太記得他們聊了什麼。好像稱讚對方報導寫得不錯吧？總之安齋實在沒印象。

希望那次懇親會有給對方好印象……安齋懷著祈禱的心情下車。

D日報的總公司比他想像的還要大，或許是心態畏縮才產生這樣的錯覺吧。在孤立無援的狀態下踏入別人的地盤，這是安齋從未有過的體驗。

才五點半，玄關正面的櫃檯已經看不到人了。正好有員工下樓，安齋請教對方編輯單位怎麼走，對方只冷淡地告訴他在三樓。

推開編輯單位的大門需要不小的勇氣，一進門就聽到各種吶喊的多重奏。香菸的煙霧瀰漫整間辦公室，有人奔跑，有人大叫。一群男子歪著頭夾住電話，嘴巴動個不停，活像缺氧掙扎的鯉魚。

安齋愣在原地不知所措，也沒人搭理他。這間辦公室的人，大概腦子裡都沒有「接待訪客」的概念吧。

安齋怯生生地走到最近的辦公桌，請那裡的職員幫忙找三河。對方也沒看他一眼，直接對著辦公室中央大喊三河，後方辦公桌探出一顆腦袋，還有一隻手。

待客室還算乾淨整潔。

三河帶安齋前來稍事休息，就不見人影了。

安齋一動不動地坐在沙發上，滿身疲憊。感覺來到這裡就折騰掉大半的體力。好在，三河的態度已經沒有講電話時那麼惡劣，沉重的心境也多了一道曙光。

「抱歉讓你久等了。」

三河端著兩杯咖啡回來，一杯給安齋。

「你是要談下午開庭的事吧？」

安齋內心鬆了一口氣。三河要是不主動提起，他還真不知該如何開口才好：

「呃，是的，讓您見笑了。」

安齋本來還要加上一句道歉，表明自己有好好反省。但他說不出口，對一個小記者如此畢恭畢敬，真的沒關係嗎？

「你不希望我寫出來是吧？」

三河語帶試探。

「也不是，我無意妨礙新聞自由。只是，今天的事情關係到我個人隱私，還望貴社斟酌一下。」

安齋以流暢的口吻，說出他在車上想好的理由。

三河點點頭說：

「我明白，事關尊夫人嘛。」

「讓您見笑了。」

「我還聽說，你身子不太好是吧？」

「嗯……？」

「設樂課長告訴我的，他說安齋先生身體不好，平常有在用藥。在法庭上打盹，應該就是用藥的關係。」

安齋想起設樂的臉龐，但很快就被楠木所長的臉取代。一定是楠木命令設樂這樣說，問題是，楠木怎麼知道用藥的事情？

黛賊笑的表情，又取代了楠木的臉龐。原來如此，那傢伙是被叫去所長室問話，才沒有馬上回辦公室。

「呃，其實那算是吃心安的……」

安齋本想坦承自己吃的是整腸劑，但話到嘴邊又吞回去了。三河認定打盹是吃藥害的，何苦推翻這個認知呢？事實上，現在三河很關心安齋的身體狀況。

不過，身爲執法者，他不允許自己說謊：

「我胃腸不好，平常有在吃藥。」

安齋說了一個模稜兩可的事實，要怎麼解釋全看對方。

「請多保重。」

三河的反應倒也和善：

「就我所知，沒有法官不打瞌睡的，每一次都寫出來那還得了。當然了，睡到說夢話的，我還是頭一次見識。」

安齋點頭致意，還面帶苦笑。

「所以呢——」

三河拿出一張紙，上面印滿了文字處理機打出來的字樣：

「地方法院事後的應對方式，才是我真正在意的問題。我按規定提出採訪申請，所長卻不願意見我。我請教理由，你們只推託所長很忙碌。可話說回來，所長的工作是什麼？了不起就是考評法官的勤務表現，雞蛋裡挑骨頭罷了。所長忙到抽不出五分鐘接受採訪，這件事我決定寫成專欄，稍微諷刺一下。」

——這件事要見報了……?!

安齋的心境，幾乎要從天堂跌到谷底：

「你要寫出來……？」

「請別擔心，我不會寫到尊夫人，你的名字我也不會寫出來。我只寫法官在審理案子時打瞌睡，大夥聽到夢話都嚇了一跳。報導的重點，主要放在法院的官僚作風。」

三河隨口掛的保證，讓安齋聽了實在令人火大。

不寫出安齋的名字、不談家人隱私，眼前的記者自以爲這樣已經很厚道了。可是，這件事情一旦見報，就算匿名也沒意義。法律界是很小的，業界馬上就會知道安齋正是那位「打瞌睡的法官」，他在法庭上喊老婆一事，也會傳得人盡皆知。全國各地的地方法院、地檢署、法律事務所，都會把他當成笑柄。搞不好還會被惡質的媒體窮追猛打，就像楠木警告的那樣。到時候，媒體毒辣的筆鋒，難保不會傷到美和。

更糟的還在後頭。三河的專欄利用安齋打瞌睡一事，批評法院的威權主義。最高法院事務總局看了報導會有什麼反應？對安齋本人又會造成何等影響？

安齋非常苦惱，直接把想法說了出來：

「您寫出這種東西，我會很困擾……」

「嗯？」

「這件事一旦見報，我就沒法當法官了。」

三河不說話了。

「我承認自己在法庭上打盹，也深切反省過了。我一定會重新閱讀審判紀錄，深入了解疏漏的部分。有必要的話，我也不介意重新訊問證人。」

「……」

「所長忙碌應該所言非虛。畢竟他是行政官員，要統領整個地方法院。」

「所以說來說去，你還是不准我寫就對了？」

這次換安齋沉默了。

三河看了自己的報導好一會。他長嘆一口氣，站起來說道：

「這篇專欄是有些牽強的內容……我會跟上面商量看看，但你不要抱太大的期待。報紙不像法律這麼嚴謹，尤其社會版更是如此，平時天下太平沒事可寫，連小狗迷路的消息我們都會刊。」

5

安齋在回程的路上思考著，所謂的挫折感就是這種感覺吧。

父母在他還小的時候就去世了，在法院擔任書記官的叔叔收養了他。當年有一份暑假作業是要介紹家長的職場，生平第一次踏進法庭的光景，安齋現在都還記得一清二楚。樸實無華的密閉空間，特殊的遺詞用字，嚴肅的進程和氣氛，法庭的面貌緊緊抓住了十五歲少年的心，那是一種形式上的美感。他只有一開始看著打字的叔叔，很快地視線就被另一個高高在上的人物吸引了。任誰都看得出來，那個人才是法庭上最了不起的人物——

少年的直覺是正確的，法官支配著整個法庭，將法庭視爲自己管理的聖域。就連同樣具備專業資格的檢察官和律師，也不得侵犯法官的無上權柄。開庭前五分鐘，所有相關人士就得先到場，等待法官入庭。終於，法官席後方的門打開了，眾人聽從庭務員的指示站起來，對著高高在上的法官低頭行禮。

安齋認爲那是人類絞盡腦汁安排的一種演出效果，而非邪惡的威權體制。審判人類的工作交由同樣不完美的人類來執行，其實是非常脆弱的制度。要做到這一點，法庭裡的所有人必須齊心協力，把法官推到一個更高階的層次，好讓大家產生一種錯覺，以爲法官不是普通的凡人。

被拖下法官席，安齋對此又有了更深的體認。現在的他就只是一介凡人，而且成了被審判的一方。一個地方小報的版面考量，決定了他的生殺大權。現在的安齋就像被告，害怕地等待法官宣讀判決書——

晚上七點半，除了一樓東邊的令狀部以外，地方法院其他單位都熄燈了。

安齋前往二樓的法官室，不喝水直接吞下整腸劑，順便打了一通電話到所長官邸。

「情況怎樣？」

楠木一接起電話，語氣就很低沉。

安齋如實報告狀況，尤其講到專欄會批判地方法院的時候，楠木立刻發飆：

「沒談出成果你還好意思回來啊？」

「可是，再講下去……」

「閉嘴！你這酒囊飯袋。在法庭上打瞌睡就算了，連自己的屁股都擦不好。算了，剩下的我來處理，你就跟你心愛的老婆快活吧。」

楠木用力掛斷電話的聲音，灌入安齋的腦袋瓜裡。

安齋癱在沙發上。

「王八蛋……」

實際罵了一句髒話，他才知道自己忍下的怒火有多強烈。

當差二十二年，前後待過六個地方法院，安齋自認不管到哪裡都是兢兢業業，也不過於偏重情理法任何一方。上頭不願意做的無罪判決，他勇於承擔；該判處極刑的時候，他也不怕得罪廢死人士。每一次都從大量的證詞和記錄中，抽絲剝繭還原事實，推砌出不悖情理法的自由心證。經過仔細的法條詮釋後，再按照自己的信念寫下判決。法律和良心，是他行事的依據，生活總是以審案為重。一年也不見得會去喝一次酒，有那個時間打高爾夫，他寧可用來研究法條，一生也沒進過小鋼珠店和公營賭場。他很清楚自己只是一介凡人，所以更加勤勉自律，打造出足以擔當大任的自我。

相形之下，楠木又如何？喝酒和打高爾夫樣樣來，據說打麻將的技巧還是職業級的。工作經歷呢？盡用些投機的手段遊走於高階職缺，先是最高法院調查官，再來是人事局和司法研修所教官。作為一個法官，楠木的資歷連安齋的一半也沒有。那傢伙到底寫過幾份判決書？為什麼一個審案經驗平庸的人，竟然在法界成為了人上人？

「你這酒囊飯袋——」

安齋緊緊握住自己的膝頭。

這分痛楚，讓他想起捏住大腿保持清醒的感覺。

在法庭上打瞌睡……這件事毫無辯解餘地。

可是，D日報的三河並不看重這件事。是楠木把事情鬧大的，他二話不說拒絕採訪，這種傲慢的行事作風，讓一向冷靜的三河寫出情緒化的專欄。楠木說他會想辦法處理，大概是想聯絡D日報的主管，用他擅長的小手段攏絡對方吧。要怎麼做隨便他，反正他的困境不是安齋造成的。應該說，是楠木扭曲的性情，威脅到安齋的審判職涯。

司機輕敲房門，稍微打開一道門縫關心安齋。因爲安齋進入地方法院後遲遲沒回車上。

「啊，抱歉讓你久等了。」

安齋站了起來，將送來桌上的審判紀錄放進公事包，關掉法官室的電燈。

也許我會失去一切吧——

被黑暗籠罩的心靈，隱隱透出鐵線蓮的花蕊。

不會失去一切的，安齋將這個念頭放在心底，謹愼走下昏暗的階梯。

6

「歡迎回來。」

美和跪坐在地，接下安齋的公事包。她穿著白色的襯衫和花紋長裙，平日的打扮多半是這樣。

「吃過了嗎？」

「還沒吃，麻煩妳了。」

「我馬上準備。」

美和把安齋的鞋子收進鞋櫃，這才站起來。看她的反應跟平常沒什麼兩樣。

這棟公寓式的官邸，總共住了八戶。其中一位陪審法官黛住在二樓，安齋打瞌睡呼喊美和的名字，所有夫人應該都知道了吧。

「鄰居有跟妳說什麼嗎？」

安齋吃完飯，問了洗碗的美和。

「嗯？」

美和不解地歪著頭，但她很快就想通了，還點點頭說：

「佐藤法官的夫人有來找我。」

「她說什麼？」

「她說，我眞是幸福的女人。我不懂那句話是什麼意思……」

「我喊了妳的名字。」

「咦……？」

「我在法庭上打盹夢到妳，好像還說了夢話。」

美和的眼睛睜得很大：

「你夢到我……」

「是啊，我夢到妳在泡茶。」

「……」

「事後所長找我去談話。」

美和的朱唇微微打顫：

「接下來會怎麼樣呢……？」

「不曉得，明天就會揭曉了吧。」

「……」

安齋本來以爲，美和聽到這件事會很高興。美和成爲法官夫人好歹也一年了，她很清楚在法庭上打瞌睡是多嚴重的事。即便如此，丈夫在睡夢中呼喚自己，女人聽到這種事總會覺得甜蜜吧。安齋原先期待，美和會露出靦腆的笑容。

可是——美和低頭俯視碗盤，表情跟石頭一樣僵硬。

安齋有些失望，一屁股坐到沙發上。

他打開電視，現在正好是播放新聞的時間。畫面上，理著平頭的壯漢被一大群記者圍擠推搡。

安齋飯後會花一個小時看電視。新聞、電視劇、綜藝節目、知性節目自然不在話下，只要有一定的話題性，小孩子看的卡通他也會看。每次人家批評法官不懂人情世故，他除了憤怒以外也確實害怕。因此，拚命在電視螢幕中尋求與社會的聯繫，專心吸收畫面裡的資訊。安齋的理智很清楚，這是一種近乎強迫症的行爲，卻也不敢關掉電源。

三河的臉龐不時在腦海中浮現，不安的情緒膨脹到難以化解的地步，也徹底籠罩了他的心靈。然而，安齋還是沒有打破飯後的習慣。

美和悄悄地來到沙發。

她知道看電視也是丈夫的工作，不會主動搭話。

美和也盯著電視，安齋端詳她的側臉……

好漂亮，簡直跟寶物一樣。

他們第一次認識，已經是八年前的事了。安齋陪著前妻一起去目白參加茶會，他就是在那裡認識美和的。

安齋至今都還忘不了，美和在小小茶室中展現的優美動作。那是一場用風爐燒煮薄茶的品茗會，負責招待來客的美和，當年才二十八歲，舉手投足莊嚴高雅，徹底折服了在場的所有人。那恰恰好的形式上的美感，安齋深受吸引，他在美和的引導之下，一腳踏入茶道的世界。

不料才兩年不到的光景，前妻就撒手人寰了，安齋的生活也失去了重心。儘管他和前妻是相親結婚，但陪伴自己的人走了，實在令人難以忍受。安齋偶爾會想起美和，卻沒有去目白參加茶會。現在回想起來，或許是法官的頭銜阻礙他追求戀情吧。

過了三年，美和主動邀請安齋參加茶會。安齋幾經猶豫，決定去見美和一面。那是在冬季的傍晚舉辦的茶會，安齋到場後嚇了一大跳，受邀的只有他一人。古樸的燈燭營造出優美的光影，交織出一段平靜溫暖的時光。美和行雲流水的泡茶動作似乎又更上一層樓，安齋爲之神往。可以說，他們的緣分就是從那一天開始的。安齋定期去上茶道課，維繫這段密而不宣的關係。茶道教室也有不少同事的夫人，安齋寧可謹愼一點。交往的頭一年，他甚至沒牽過美和的手，也差不多是在這時候，美和告訴他一件出人意料的事實。

前妻生前對美和說過這麼一段話：

「美和小姐，安齋的心裡有妳。萬一我早死，就請妳多照顧他了。」

前妻看出安齋的心意，說不定也察覺自己不久人世。

總之，美和下定決心說出這件往事，用意非常明確了。安齋的感情也醞釀已久，沒有其他障礙阻撓這段戀情了。安齋和前妻沒有小孩，茶道教室的前任當家去世後，也由美和的姊姊繼承當家的位子。

不過，安齋多花了一年時間才正式迎娶美和。他希望升上「三等」，待生活更加穩定再來迎娶嬌妻。其實，他對美和說的只是表面上的理由。真正的原因是，他害怕在升等之前迎娶美和會有變數。

楠木講的那段難聽話，倒也沒有完全說錯。前妻去世五年，新的對象小自己不只一輪，而且還是前妻的朋友，人事局會如何看待這件事呢？安齋對出人頭地沒有太強烈的欲望，但也受不了屈居人後。「三等」是他無論如何都要得到的勳章，好證明多年來清廉正直的勤務態度。

安齋得到了勳章與美和，帶著美和到D地方法院任職。他不否認自己有些得意，但工作也更加勤勉認真，只是——

「我去看一下文件。」

晚上十點半，安齋進入書房。

打開明石書記官做好的審判紀錄。

大致瀏覽一下，想不到份量還挺多的。

——所以，打盹的時間大約十分鐘……不，應該有十五分鐘……

懊惱的情緒再次湧上心頭。

他想起小牧奈津子傻眼的表情。據說，小牧本來也想當法官，當年在司法研修所擔任教官的楠木，斷送了她的前程。理由是小牧在研修的時候，向好幾家媒體投書，揭發研修的實際情況。

安齋從這段恩怨中，看出了另一個不安要素。

小牧會容忍法官在法庭上打盹嗎？

安齋回頭審閱紀錄。

證詞內容平凡無奇，簡單說事件起因是搶麥克風吵架。主動挑釁的是身亡的被害者，被告吵完架跑回家中，手持利刃回卡拉ＯＫ包廂殺人，有明確的殺人意圖。因此，案子本身沒有什麼爭議。

如果是牽涉到判決結果的重要證詞，安齋絕對會反省自己打瞌睡的過失。不過，審判紀錄上的證詞毫無要緊之處，看了令人不耐。

安齋長嘆一口氣，攤開另一份文件。

那是他上午審理的案子。被告強姦酒店媽媽桑，辯護律師主張雙方是你情我願，和檢方爭論不休。

「接近傍晚六點的時候，你用電話交友約了女子出來碰面，還去了賓館。請你描述一下那位女子。」

「年紀大約三十五、六歲吧，講話怪有禮貌的，是個好女人。」

「你們有一起喝啤酒？」

「沒有，就我一個人喝，那個女的只有沾一小口。」

「你喝了多少酒？」

「呃，提槍上陣前喝了一罐中瓶的，幹完以後又喝了半瓶。」

「所以你們有性交對嗎？」

「這……當然是有啊……」

「你們做了幾次？」

「喔喔，兩次……」

「你是性豪嗎？」

「性豪……？」

「你性能力很強嗎？」

「啊，也沒有啦。我自認普普通通……只是那女的很不錯，我就拚了一點。」

「你五十七歲了，對吧？」

「明天就五十八歲了。」

「那好，你明天就五十八歲了，性能力也不是特別強。傍晚六點半到八點半這段期間，總共性交了兩次。一個小時後你去繪美酒店，也就是九點半的時候。按照筆錄上的記載，你一開始就對媽媽桑圖謀不軌。換句話說，你還想性交是嗎？」

美和打開拉門，遞來一杯蔬果汁，安齋才知道現在已經十一點了。

美和身上散發出剛洗完澡的芳香……

安齋突然握住美和的手，將她一把拉到自己腿上。

「啊……」

美和略微一驚，安齋正要一把抱起美和，美和用另一隻手輕推安齋的胸膛。

「不好意思，今晚不方便……」

美和用眼神哀求。

安齋只好放開懷中的軟玉溫香。

「妳去休息吧。」

「嗯……」

美和離開後，安齋敲了自己的額頭兩、三下。

受不了壓力尋求慰藉也就罷了，偏偏他是被筆錄的內容刺激，才想跟美和發生關係。很多在法庭上受審的男子，都有玩弄女人的經驗。剛才那段「講話怪有禮貌的女人」，讓安齋聯想到美和。美和跟他發生關係時，從來沒發出過歡愉的聲音，他想像美和在床上放蕩的模樣──

美和年過三十還是單身，長得又那麼漂亮，不可能完全沒有情史。想必有忘不了的男人吧？然而，美和沒有透露過去的蛛絲馬跡，應該說是不肯透露才對。她跟安齋發生關係的時候，總像個人偶一樣毫無反應，彷彿對性事不感興趣。

安齋要是也能跟那些男人一樣，對美和說一、兩句淫穢的話，也許他們夫妻的關係會有所改變吧。可是，安齋做不到。他非常清楚，自己不可能只在床笫之間放下法官的身分，還有理性。

換個角度來看，美和不會讓安齋感到愧疚不安。前妻有時候在床上放蕩的反應，讓他感到相當不安。把自己當成凡人的時間越少，他就越能維持身為法官的超然性。

半夜一點──安齋終於上床睡覺。

美和背對著安齋。

安齋難以入眠。

D日報決定怎麼處理這件事？會寫出來嗎？還是換成其他報導？楠木有出手嗎？楠木沒有主動聯絡，代表已經成功籠絡D日報了吧。

安齋翻了個身。

總之，再過五個小時早報就送來了。

——要趕快休息才行……

就當D日報不會寫那篇報導吧。那麼，明天照常是忙碌的一天。

睡不著的安齋爬出被窩。

他到客廳找藥包，美和搬來這裡後罹患失眠症，平常有服用醫生的處方藥物。

藥包很快就找到了。安齋倒出安眠藥一看，當場被嚇到。

這安眠藥也太像整腸劑了。

不論大小、顏色、形狀……都跟他平日服用的整腸劑非常相像。

7

聽到摩托車離去的聲音，安齋睜開雙眼。

枕邊的時鐘顯示，現在是五點五十分。安齋只有閉目養神，並沒有深沉入眠。一旁的美和稍微動了一下。

安齋靜靜爬出被窩，壓抑著急躁的心情，緩步走向玄關。一小截報紙露在信箱外頭，有《朝日》《讀賣》《每日》，以及《D日報》。安齋抽出所有報紙，前往客廳。

——保佑啊。

安齋在心中祈禱，攤開《D日報》的社會版，油墨的味道撲鼻而來。緊繃的身體逐漸放鬆無力。

沒有寫出來。

今天沒有〈法庭旁聽席〉的專欄，一般報導也沒有「打盹」這兩個字。爲求愼重，他還看了其他版面。包括政治版、經濟版、文化版，連體育版也全看了。

再來是《朝日》……《讀賣》……《每日》……安齋接連攤開這幾份報紙的縣版，同樣找不到相關報導。當然，其他報社的記者根本沒來法庭，也不可能刊出來。

安齋終於吐出了沉在心底的悶氣。

免除極刑的被告，大概就是這樣的心境吧。

是不是跟三河說的一樣，有版面上的考量才沒刊出來？還是楠木想方設法壓下來？反正都無所謂了，〈法庭旁聽席〉從不刊舊聞，安齋的危機解除了。

不只心情如釋重負，連身體也輕盈無比。安齋轉動手臂和腰部，像在做健康操一樣流暢輕快。

他發現美和也醒了。

「不好意思，我沒發現你醒了……」

「時間還早，妳再多睡會吧。」

安齋也是說說而已，美和是不會睡回籠覺的。現在時間還早，安齋還是跟美和討了一杯早茶來喝，這是他每天的例行公事。

不到十五分鐘，美和已經做好泡茶的準備。

家中有三間和室，夫妻倆把其中一間當成「茶室」，平常都是淨空的。穿透拉門的晨光轉化爲柔白的光線，正是安齋現在的心情寫照。

咚。五指青蔥握住茶杓，輕輕敲打茶碗的邊緣。

安齋欣賞著美和的茶道技巧。

美和將樸素的黑色茶碗放到安齋面前，雙手放回膝頭，靜候安齋品茶的感想。

安齋喝了一口薄茶，苦味散開後又有回甘的滋味，堪稱絕妙。

「很棒。」

安齋出言讚賞，美和雙手拄地，以示回禮。就在這時候，電話響了。

清明的心境多了一道陰影。

「沒關係，妳專心收拾就好。」

安齋讓美和待著，自己起身去接電話。現在還沒七點，是誰打來的？

「您好，這裡是安齋家。」

「我是木村，一早叨擾實在抱歉。」

是地方法院S分部的統領法官，比安齋大兩屆的前輩。S分部在該縣北邊，因此兩人很少碰面。

「請問有什麼事？」

「怪了？聽你的聲音還挺有元氣的嘛。」

「咦……？」

「是這樣的，剛才楠木所長打電話給我，他說你健康狀況不太好，要我做好遞補缺額的心理準備。」

安齋懷疑自己聽錯了。

遞補缺額，意思是要補足法官的人數。

——我的位子空下來了……？

這實在太莫名其妙了，爲什麼楠木會下達那種指示？《D日報》沒有刊出報導，問題已經解決了不是嗎？

「跟你說，最近我這邊案子也很多，都快忙不過來了。因此我告訴所長，我不太可能去補你的缺。」

安齋也沒心情跟對方聊下去，結束通話以後，他打了電話給楠木。

「是你啊……」

楠木的聲音聽起來不大高興。

「剛才我接到木村先生的電話，請問到底是怎麼一回事？」

「我這邊一早就有人來找碴。」

——難道是記者？

「是三河嗎？」

「不是你想的那樣，是小牧奈津子。那小妮子跑來找我麻煩。」

安齋昨晚的擔憂不幸成眞了。小牧要讓楠木難堪，當然不會放過借題發揮的機會。

「然後呢？小牧她做了什麼……？」

「她提交了正式的抗議書。」

「抗議書？」

「是啊，要求更換法官。」

「什麼……？」

「她的說法是，訊問證人是堆砌心證的重要時刻，在這種時候打瞌睡不能等閒視之。安齋法官不足以信任，因此要求換其他法官來審理。」

安齋聽完這段話，雙眼發黑。

更換法官，這對法官來說是最大的侮辱。

「那您的答覆是什麼？」

「我當然拒絕了，結果那傢伙竟然威脅我要召開記者會。」

——召開記者會……？

安齋感覺腳下的立足之地瓦解，整個人墮入黑暗的深淵。

「反正我也想好方法了，你到地方法院後立刻來找我，知道嗎？」

等待司機前來的這兩個小時，好像有一個上午或一整天那麼漫長。

小牧奈津子提出正式抗議，要求更換法官，還威脅召開記者會……楠木說他有應對的方法，S分部的木村也接到楠木的遞補命令。

整件事推敲起來大概是這樣。楠木想把打瞌睡這件事，歸咎於安齋身體欠安用藥。先讓安齋好好療養，小牧的戰意也就無處發揮。

「請慢走。」

美和的表情僵硬，看上去似乎相當憂慮。也難怪，丈夫一大早就講了兩通電話，美和也看出情況有多不妙。

不過，現在安齋也沒心思解釋前因後果。

「今天我可能會晚點回來。」

安齋將鞋拔交給美和，美和欲言又止。

「怎麼了？」

「沒事……」

美和低著頭說道：

「……路上小心。」

「嗯。」

安齋走出玄關。

後方傳來某種奇怪的感覺。

他回頭一看。

美和還是低著頭，安齋看不到她的表情。

——到底是怎麼回事……？

安齋沒有說出心中的疑問，但後方確實有股不尋常的氣息，那是美和散發出來的氣息嗎？

三輛黑色的公用車已經來到接駁處。安齋坐上二號車，黛和宮本也在裡頭了。

「幸好沒出大事啊。」

車子一開動，黛迫不急待地打開話匣子：

「哎呀，我昨晚可替你擔心呢。今天一大清早，我還跟我老婆一起看報紙。」

黛肯定是在幸災樂禍。

安齋腦海突然出現一個可怕的推論——這一切會不會是陰謀？

法官沒有人不打瞌睡的，爲什麼偏偏這一次鬧得特別大？D日報盯上這件事，好不容易化險爲夷，這次又換小牧奈津子發難。小牧要求更換法官，而且不單是口頭要求，還正式提交抗議書。這下D日報肯定會報導出來。不，所有的媒體都會刊出來。

安齋懷疑自己被陷害了，這是某個人安排的陷阱。否則這一連串的厄運，實在沒有一個合理的解釋。

對了，還有安眠藥——

安齋記起了昨晚心驚肉跳的感覺。

難道自己被下藥了？

有人把整腸劑換成安眠藥。

是誰呢？

美和就辦得到。安齋服用的整腸劑是她買的，要把整腸劑換成安眠藥太容易了。可是，爲什麼美和要做這種事……？

安齋強行中斷自己的思緒。

現在他是疑心生暗鬼，胡亂瞎猜。這是法官最引以爲恥的行爲。

安齋的心情很鬱悶。

爲什麼先懷疑自己的妻子呢？

因爲她昨晚拒絕歡好？還是剛才表現出不尋常的氣息？亦或跟這兩件事都有關係？猜不透美和的心思，讓安齋內心夾雜著不安……憤怒……焦慮……

安齋閉上雙眼沉思。

現實問題必須處理好才行，等一下到地方法院要先去所長室。楠木下達的療養指示，未免太荒謬了。安齋沒打算接受，但小牧找來一大批記者的話——

黛的冷嘲熱諷，聽了實在心煩。

「安齋先生，今天我會泡很濃的咖啡，你不用擔心。」

這傢伙也有嫌疑。他可以在安齋的藥瓶放安眠藥，或是添加在咖啡裡面。

好不容易趕走的猜忌疑心，又從黑暗的角落探頭出來了。

8

安齋先前往法官室。

他把公事包放在辦公桌上，服用整腸劑。吞下藥錠之前，他仔細端詳了一會。藥錠表面上有刻一個「F」，那是區別整腸劑和安眠藥的唯一依據。

——不是美和……

離開辦公室的時候，安齋得出了這個結論。

他想起來了，剛才手上的那瓶整腸劑，是上禮拜在這裡打開的。而且他親手撕開外面的包裝，瓶蓋也沒有被開過的跡象。在轉開瓶蓋時，確實有一種解開密封的獨特手感。

整腸劑是美和買來的沒錯，但美和不可能對藥瓶動手腳。

安齋深深嘆了一口氣。

徹底扼殺心中的猜忌後，他終於有心思對付楠木了。

安齋來到走廊，明石書記官已經在等他了。明石先低頭行禮，湊上前說：

「法官，關於那件肇事逃逸的案子——」

「那件案子怎麼了？」

二人邊走邊談。

「檢方同意在二十五日參與初審，但三方被告的辯護律師談不妥日期，要到下個月三號他們才有時間，這個日子沒關係嗎？」

根據規定，刑事法官在初審前不得接觸刑案相關人士，以免有預斷或成見。訴訟的安排與進程全交由書記官負責。

「排得到法庭嗎？」

「下午排得到。」

「那就安排三號吧。還有，這件案子挺複雜的，請資料課先調判例出來好嗎？」

「明白了。」

「這件案子排在下個月三號的下午……」

安齋把時間寫在記事本裡，明石靠過來說了一句悄悄話：

「聽說小牧奈津子不肯善罷甘休？」

安齋看著明石，這位書記官確實是站在他這一邊的：

「是啊……老實說，我挺困擾的。」

「您知道嗎？小牧以前愛過楠木所長。」

「啥……？」

「所長以前當教官的時候，非常照顧小牧。小牧很優秀，剛畢業就通過資格考了。或許是父親早死的關係吧，小牧似乎有一點戀父情結，聽說她很黏所長。後來小牧向媒體投書，兩個人就反目了。這次的騷動，說穿了就是由愛生恨吧。」

「是這樣啊……」

「也不知道爲什麼，所長很有異性緣。聽說以前還搞過婚外情——」

二人來到樓梯前，明石停下腳步：

「法官，您加油。」

「謝謝你的鼓勵。」

安齋的內心多了一道暖流，但他越往上爬就越心寒。

終於，來到五樓的所長室——

「你來啦，先坐吧。」

先禮後兵，這點還是跟以前一樣。

安齋一坐下來，楠木就往桌上甩出一份正式行文用的紙張。

那是小牧奈津子的「抗議書」——安齋看了一遍，內容和楠木電話裡講的差不多。

「你在法庭上打盹，會受到嚴厲的書面警告。這個懲處你沒意見吧？」

「沒有，只不過——」

安齋正視楠木，決意先聲奪人：

「我不打算休養。」

「誰叫你休養了？」

「咦……？」

「小牧那傻子已經鐵了心要鬧大，傍晚就召開記者會，大批媒體也會來採訪。你還好意思提休養？這話一講出來，那些媒體只會覺得我們是想大事化小。」

這話也有道理。那問題來了，楠木到底要怎麼做？安齋猜不透他的想法。

「記者來鬧的話，八卦雜誌和無良媒體也會來打落水狗。連你老婆的事都會被抖出來，你無所謂嗎？」

「關於這一點我聲明過了，我沒有做任何虧心事。」

「人家要抹黑你是有多困難？」

楠木望向窗外：

「聽說，你老家在靜岡？」

「嗯？是，在靜岡的沼津……」

「那裡不錯，漁獲很棒。」

「啥……？」

「你要不要乾脆回家鄉發展？」

——這傢伙在說什麼……？

「我不懂這話是什麼意思。」

「自願離職你看怎麼樣……那些媒體也不會再鬧了吧。」

安齋啞口無言。

「就說你內臟有嚴重的疾患，負擔不了地方法院繁重的勤務，如何？」

這是什麼惡劣的玩笑嗎？不對……

「別擔心，等風頭過去，我會在沼津的簡易法庭安插一個職缺給你。新的職缺比較沒那麼忙，以健康爲由轉調，人家也不會有意見。那邊的退休年限是七十歲，你就在那蓋一棟房子，跟美和小姐過上悠閒的日子吧。」

「這種安排我不能接受！」

安齋打破沉默的第一句話，是憤怒又尖銳的咆嘯：

「我沒有辭職的打算。更何況，未經本人同意，按理說不能罷黜法官。」

「罷黜？錯了，你是自願離職的。」

楠木是認眞的，他是眞的要安齋離開這裡。

「爲什麼我非得離職不可？打瞌睡是不可寬恕的過失嗎？」

「你就不能替美和小姐想一想嗎？」

爲什麼楠木要一再提起美和？他以爲這樣動之以情有用嗎？

「我不會辭職，身體健康也沒問題，我沒理由辭。」

「你也太頑固了，到底有什麼好不滿的？難不成你還妄想步步高升，未來當什麼法界泰斗嗎？」

安齋實在不明白，爲什麼打個瞌睡就要被迫辭職？前妻去世五年後續絃，那又怎樣？人事局計較也就罷了，這點小事媒體根本不會大作文章。那究竟是爲什麼？楠木眞正害怕的是什麼？

安齋挺起胸膛說道：

「法官這份工作就是我的驕傲，如此而已。」

「在簡易法庭當差，也是法官啊。你嘴上講得好聽，說穿了也只是想飛黃騰達。不然幹麼等到升三等，才迎娶現在的老婆？我告訴你，你已經沒有未來了，鬧出新聞的法官去不了東京的。你一輩子都只能在地方分部打轉。我不會騙你，趁著傷害還沒擴大趕快回家鄉吧。美和小姐一定也會高興的。」

「不要動不動就扯到我老婆！」

安齋憤怒拍桌，站起來對楠木叫囂：

「我不會接受你的指示！況且，法官沒有上下關係！」
「媽的……你想反抗我嗎！」
「閉嘴！你算哪門子所長啊！你才應該滾蛋！」
「我是爲你好才這樣講的！」
「放屁！你是爲了自保！」
「王八蛋！我是叫你多替你老婆想想！」
「這種事輪不到你來講！」
「混帳！你不重視美和就對了啦！」
——他直呼美和的名字……！
楠木愣住了。
安齋也是一樣的反應。
時間彷彿凝結了。
鳥兒振翅飛過窗外。
凝結的時間被打破，安齋踏出了無可挽回的一步。

9

晚上七點，安齋回到宿舍。

美和沒有出來迎接他，玄關也看不到美和的鞋子。

安齋也料到了。

白天安齋從辦公室打給美和，說自己痛毆所長一事。美和聽到這句話，或許以爲丈夫要她滾蛋吧。搞不好安齋也確實有這樣講。

安齋打開電燈穿越走廊，廚房的桌上備好了飯菜，旁邊還有一個厚厚的信封。

僵硬而遲疑的手，終於抽出了信紙。

事情發展到這個地步，我只能這樣做了。

還請原諒我的自私。

老實說我眞的不知道該從何寫起才好。可是，不寫又不行，我必須把我犯下的錯誤一五一十交代清楚。

十九歲那一年，我跟一個有家室的男人相戀，那是一段有違人倫的戀情。長達十二年的關係，讓我好迷惘……這十二年感覺無比漫長，又好像一眨眼就過去了。

對方勸我找個好對象結婚，畢竟他是有地位的人，我在他眼中就是個包袱吧。反正註定不會有結果……我也有年紀了，有好的緣分我也想要把握。不過，每當要踏出新的一步，卻總是心亂如麻……有幾個人來我家提親，我都拒絕了，因爲我始終忘不了他。我一直欺騙自己，我還有茶道相伴。

大約就是在那時候，大姊說出了你的心意。大姊去世以後，那些話在我心裡有了更重大的意義。我跟那個人日漸疏遠，茶道教室也由姊妹繼承，我需要一個心靈上的寄託。我想嫁給一個眞正愛我的人，這樣的念頭越來越強烈。我是抱著很大的勇氣和決心，邀請你來參加夜晚的茶會。

你是一個誠懇正直的好人，所以我決定放下過去，跟你相守一生。沒想到……我好痛恨命運，沒想到我跟著你來到這裡，竟然還會見到那個人。而且他竟然……還是你的上司……

我不曉得該怎麼辦才好。我一心只想著不能跟他見面，平時也盡量不出門。大部分的時間都躲在茶室，戰戰兢兢過一天。

身爲法官的妻子，對我來說也是很沉重的壓力。我不能犯錯，也不能扯上任何麻煩。你的工作內容要保密，漸漸地我再也無法信任周遭的任何人。

左鄰右舍的法官夫人，我跟她們也難有眞正的交流。她們只會聊升遷和加薪的話題，我永遠格格不入。

後來我不吞安眠藥根本睡不著。我好不安，好害怕，好寂寞……

我想依靠你，只是我做不到。你是法官。不管是吃飯的時候，看電視的時候，在家閱讀文件的時候，甚至就連放假一起外出的時候，你也穿著一身不容外人親近的法袍，從來沒有鬆懈過。你把自己關在一個沒有其他人能生存的密室裡。

夜生活也是如此，你跟我在歡好的時候，也從來沒有脫下法袍。每次在你懷裡，我就害怕受到制裁。所以我一直很緊張，尤其我有一段不可告人的過去，這種感覺也就更強烈了。跟自己的丈夫發生關係，還要擔心受制裁，這對女人來說是莫大的痛苦。

我也恨大姊對我說出那番話。她講那段話究竟是什麼意思？她明知道你無法愛人，卻把那些話告訴我，是對這個世界有牽掛嗎？還是她也痛恨這個世界？說不定她也想讓其他人感受一下，一個擔驚受怕的女人過得有多辛酸。我眞的覺得這才是她的用意。

話題扯遠了，回來談正事吧。

有件事我不得不告訴你。

這一年來，我沒有好好活過的感覺。請容我找一個開脫的理由，我的心生病了。

我好孤單。

因此我犯了一個錯。

兩個月前，我在郵箱看到色情廣告傳單。我撥打傳單上的電話號碼，也搞不清楚自己爲什麼要這樣做。我眞的不知道爲什麼，也不明白自己怎麼敢這樣做……

我約了男人去賓館。

當時的事情我寫不下去。我好後悔，好想忘掉那段記憶。

不料……那段記憶我想忘也忘不了。隔天早上我看報紙，懷疑自己眼花了。那個男子跟我見完面，竟然去襲擊酒店小姐，而且還被警方逮捕。

我的擔憂成眞了，那件案子交到了你的手上。

我嚇得心膽俱裂，到時候嫌犯在法庭上一定會提到我，這件事也會被你發現，你將會制裁我。我幾乎沒法保持理智，只要報紙刊出那個嫌犯的報導，我就會全神貫注地閱讀每一個文字。其中有一篇報導寫道「下次審理在十二號上午，檢方會訊問被告」。我心想，那個嫌犯會把我抖出來，絕對不能讓他開口。

我別無他法，只好打電話給你的上司，我沒有其他人可以商量了。可是，那個人不願意聽我說話，態度也非常冷淡，只叫我別再打電話給他。他似乎很怕被發現，自己跟部屬的妻子有過婚外情。

這下我眞的走投無路，審判的日子就要到了。

偏偏我又沒有任何辦法，我不可能堵住那個嫌犯的嘴。

就在這時候，我想到了一個主意。我沒法堵住嫌犯的嘴，但可以讓你遠離那件案子。我想到利用安眠藥，讓你睡著的話，你就不能出庭審理案子了——

我太愚蠢了，絲毫沒想到這會造成什麼樣的後果。我滿腦子只想著你在辦公室呼呼大睡的模樣，無心顧及其他問題。

不過，昨天早上對你下藥的時候，我很冷靜。

我知道你可能會在開庭時睡著，這會害你陷入很爲難的困境。但我無所謂了，不，我就是想讓你爲難。

是你害我去那個骯髒的賓館，你不肯愛我，這是你的錯。像你這種人，最好再也當不了法官。我把安眠藥磨成粉末，像在唸咒語一樣怨懟你。磨好的安眠藥我混進茶粉裡，泡成早茶給你喝。

然而……

我在泡茶的時候，做了一個最後的賭注。

如果你察覺出味道不對，我就將一切都告訴你。我會撲向你懷裡，哭著對你說出一切。

其實我明白你不懂茶道，你愛的只是一個形式，一種形式上的美感……

茶道不是形式，而是以誠待人的心。我泡出來的茶，代表我的心意。每天早上我都獻上自己的心意，哪怕我再怎麼寂寞、不安、焦慮，泡茶時我一定靜下心來，爲你獻上一碗最好的茶……

如果你發現我的茶水夾雜邪念，我就能踏入你的心房。

結果，你卻很滿意我泡的茶。當我聽到你的讚賞，感覺自己失去了一切。

今天的早茶也一樣，那是我抱著訣別的念頭泡出的最後一碗茶，你卻依然說我泡得不錯……

所以，再見了。

我好難過。

請你原諒我。

是我毀掉你的人生。

我們不該相識對吧？

你本來過著幸福的生活。

我不該把自己的不幸帶給你。

對不起。

眞的，對不起。

模糊的字跡，又一次暈開。

安齋吃了桌上的飯菜。

他打開電視，但馬上又關掉電源。

反正不當法官了，也不用在螢幕中尋求與社會的聯繫了。

安齋痛毆楠木以後，當著對方的面寫下辭呈。

他走到門外，拆下門牌。

接下來，安齋不打算回故鄉。

改當律師的法官，又稱爲「引退法官」——

據說，這種律師的風評都不太好。安齋也不曉得自己能否當成律師。不過，要養活自己應該沒問題。

養活自己……

安齋愣了一會。

美和是有罪，還是無罪呢？

安齋也不曉得，他在法庭上看過無數的善與惡。但他現在不知道該用什麼方法，來審判美和這個女人。

美和跑哪去了呢？

回到老家的茶室了嗎？除了那個小小的密室以外，美和也沒其他地方可去了。不過，那裡已經是她姊姊的地方，她沒有安生之地了。這麼說來……

安齋感受到後方有一股不尋常的氣息。

他回頭看著後邊的房間……

那裡也有「茶室」。

玄關看不到美和的鞋子，那是因爲她都把鞋子收進鞋櫃裡。

安齋走向後方的拉門。

我肯原諒美和嗎？

我肯放過自己嗎？

安齋持續前進，心中卻毫無答案。

照理說美和不在裡面，但……

安齋準備拉開房門的時候，心中想到了一個字眼。

賭注——

拜託，賭贏這一把就好。安齋壓抑著激昂的情緒，打開了密室的房門。

Eurasian Publishing Group
圓神出版事業機構
用心與你對話・視野無限寬廣
圓神出版社
Eurasian Press

www.booklife.com.tw　reader@mail.eurasian.com.tw

小說緣廊 024

動機【橫山秀夫經典短篇集】

作　者／橫山秀夫
譯　者／葉廷昭
發 行 人／簡志忠
出 版 者／圓神出版社有限公司
地　址／臺北市南京東路四段50號6樓之1
電　話／（02）2579-6600・2579-8800・2570-3939
傳　真／（02）2579-0338・2577-3220・2570-3636
總 編 輯／陳秋月
書系主編／李宛蓁
責任編輯／胡靜佳
校　對／胡靜佳・劉珈盈
美術編輯／蔡惠如
行銷企畫／林雅雯・陳禹伶
印務統籌／劉鳳剛・高榮祥
監　印／高榮祥
排　版／莊寶鈴
經 銷 商／叩應股份有限公司
郵撥帳號／ 18707239
法律顧問／圓神出版事業機構法律顧問　蕭雄淋律師
印　刷／祥峰印刷廠
2022年9月　初版

定價 380 元　ISBN 978-986-133-838-5　

從出生的那一刻全力奔馳到生命的盡頭，途中跌倒了、受傷了、失敗了，再爬起來往前跑就好。人生的幸福往往就在這些機緣上。

——《高度狂熱》

國家圖書館出版品預行編目資料

動機（橫山秀夫經典短篇集）/ 橫山秀夫著；葉廷昭譯. -- 初版. -- 臺北市：圓神出版社有限公司, 2022.09

304面；14.8×20.8公分 --（小說緣廊；24）
譯自：動機
ISBN 978-986-133-838-5（平裝）

861.57　　111010966